REKI KAWAHARA abec bee-pee
SWORD ART ONLINE 025
unital ring
S A O SWORD ART ONLINE

「沙啾哦哦哦哦哦哦！」
§ The Life Harvester
有著「收割生命者」之意的異形怪物。
這隻巨獸宛如過去在「艾恩葛朗特」
第七十五層蹂躪攻略組精銳的
「The Skullreaper」。

「——要揹嘍！這裡！」
「——桐人，右邊！」

「——到此為止了嗎！」
§ 桐人
主導「SAO」的攻略，
為「Underworld」帶來和平的少年。
和伙伴一起建築起拉斯納利歐，
以攻略「Unital ring」為目標。

§姆塔席娜
「假想研究社」的會長。
以窒息魔法「不祥者之紋輪」
讓一百名玩家服從，
以攻略「Unital ring」為目標。
「『黑衣劍士』桐人、『閃光』亞絲娜。
宣誓效忠於我的話，就把劍柄遞過來吧。」

「愛麗絲大人、亞絲娜大人、桐人大人，
好久不見了！」
§羅蘭涅
兩百年前，身為桐人隨侍劍士的
羅妮耶．阿拉貝魯的子孫。
是耶歐萊茵．哈連茲團長率領的
整合機士團其中一員。
§亞絲娜
桐人的戀人。
在過去的「Underworld」大戰裡
以「創世神史提西亞」的身分奮戰到底，
現在仍以「星王妃」之名流傳於後世。

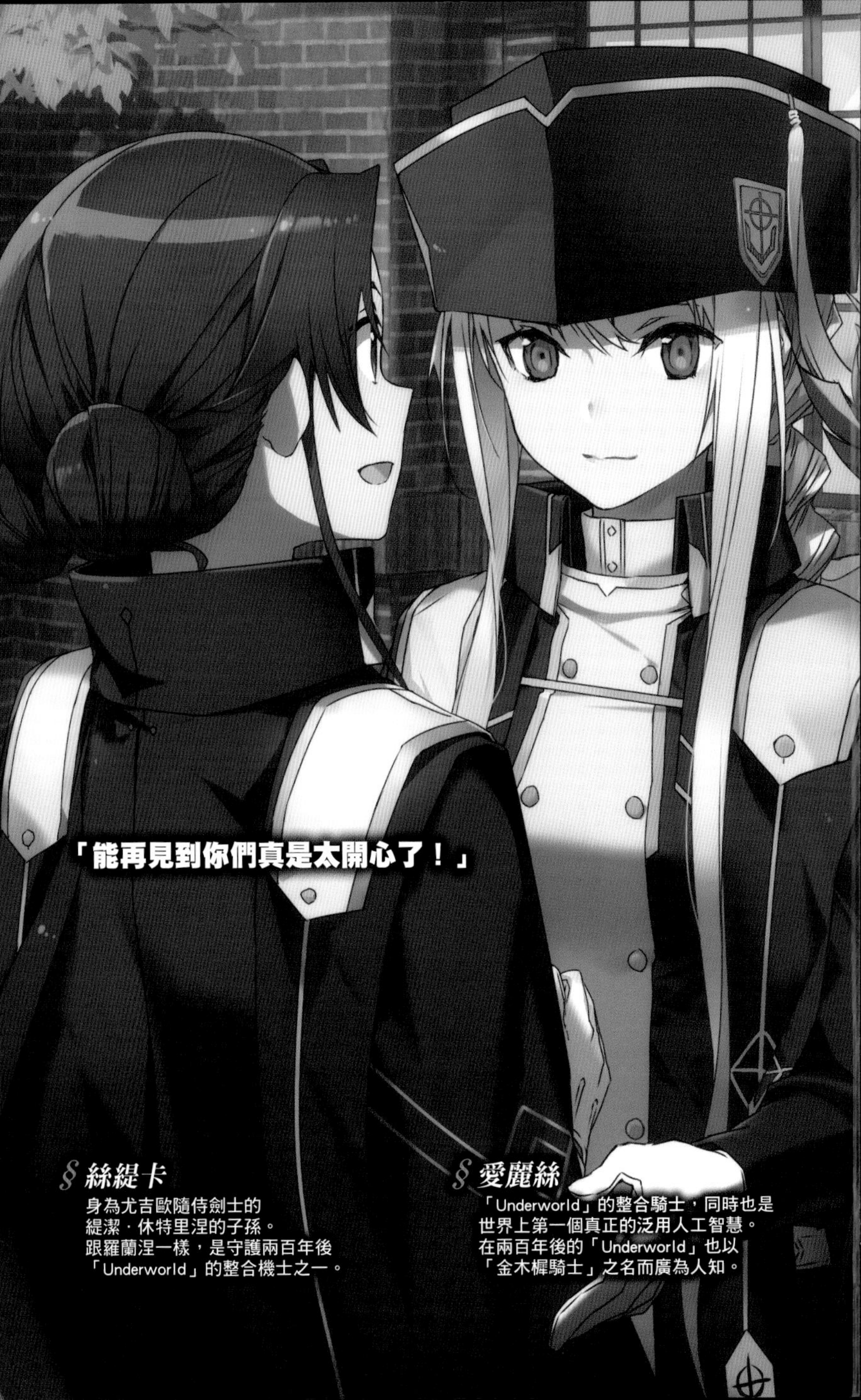
「能再見到你們真是太開心了！」
§絲緹卡
身為尤吉歐隨侍劍士的
緹潔．休特里涅的子孫。
跟羅蘭涅一樣，是守護兩百年後
「Underworld」的整合機士之一。
§愛麗絲
「Underworld」的整合騎士，同時也是
世界上第一個真正的泛用人工智慧。
在兩百年後的「Underworld」也以
「金木樨騎士」之名而廣為人知。

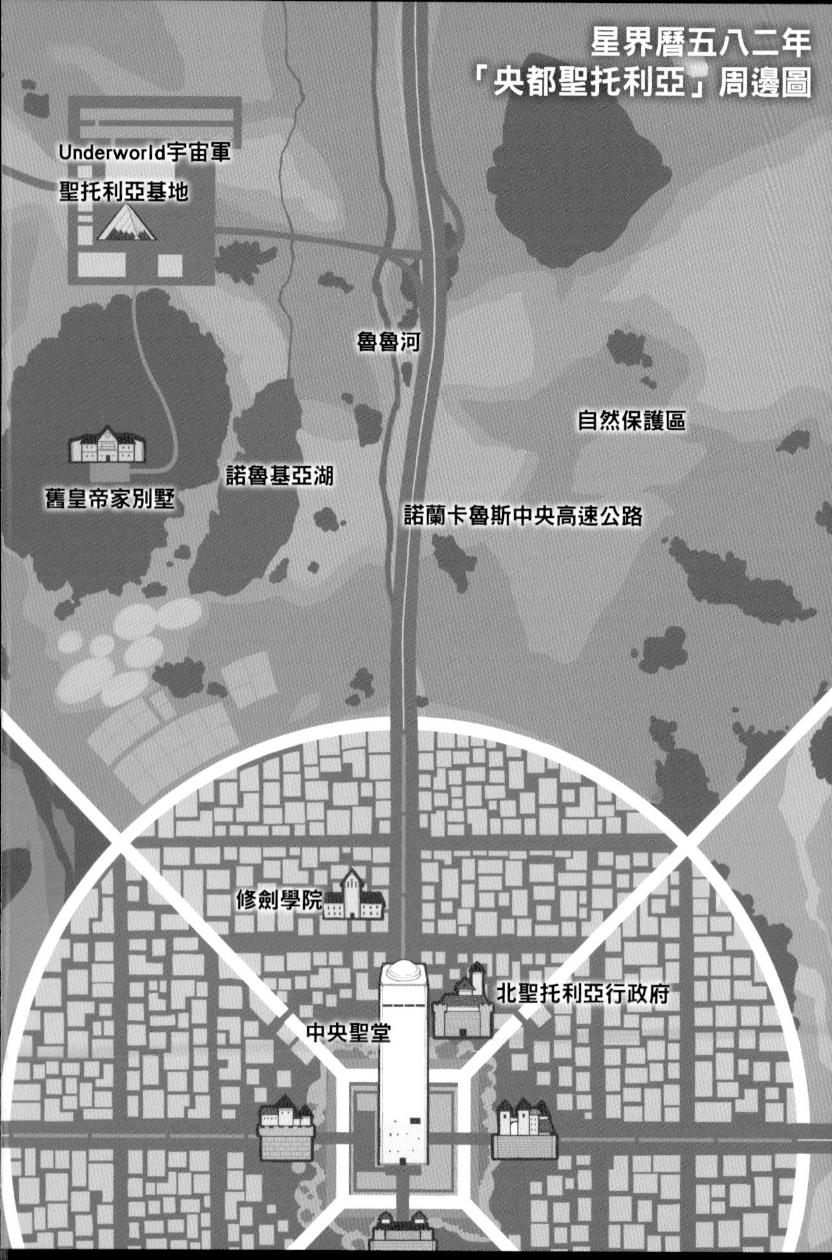
星界曆五八二年
「央都聖托利亞」周邊圖
Underworld宇宙軍
聖托利亞基地
魯魯河
自然保護區
諾魯基亞湖
舊皇帝家別墅
諾蘭卡魯斯中央高速公路
修劍學院
北聖托利亞行政府
中央聖堂

插畫／來栖達也

SAO SWORD ART ONLINE

「這雖然是遊戲，
但可不是鬧著玩的。」

——「SAO刀劍神域」設計者．茅場晶彥——

SWORD ART ONLINE
unital ring

REKI KAWAHARA

abec

bee-pee

025

1

作為ＶＲＭＭＯ－ＲＰＧ「Sword Art Online刀劍神域」舞台的浮遊城艾恩葛朗特裡存在多數的怪物。

大致上可分為兩種。一種是待在練功區要衝的練功區魔王，另一種則是鎮守迷宮塔最上層的樓層魔王。此外高等魔王怪物的名字會被附加上定冠詞「ＴＨＥ」，玩家們都畏懼地稱呼其為「帶ＴＨＥ魔王」。

不過知道帶定冠詞魔王當中又可以細分出等級的玩家就不多了。

比如說，把我跟莉茲貝特轟落深邃縱向洞穴的第五十五層練功區魔王「X'rphan the White Wyrm」。以及第七十四層和亞絲娜以及克萊因一起戰鬥的樓層魔王「The Gleameyes」。前者在定冠詞前面還附加了專有名詞，後者只有代表「發亮眼睛」的複合名詞。所有的「帶ＴＨＥ魔王」都可以分類成這種附加專有名詞類型以及無專有名詞類型。

乍聽之下可能會認為附加專有名詞的類型比較強大，實際上卻是相反。至於為什麼嘛，設定上是說沒有專有名詞的魔王，是因為大家害怕到連名字都不敢提起，所以原本存在於ＴＨＥ

前面的名字經過漫長歲月後就遭到遺忘了。

實際上，讓我浮現「這下死定了」想法的魔王怪物也幾乎都是這種類型的怪物。像是藍眼惡魔The Gleameyes、潛伏在第一層地下的死神The Fatal Scythe——以及在第七十五層迷宮塔蹂躪攻略組精銳集團的樓層魔王也沒有專有名詞。

其名稱是「The Skullreaper」。骸骨獵殺者。

我一邊回想起到現在恐懼與戰慄感仍深入骨髓的這個名字一邊呢喃：

「亞絲娜……妳也覺得看起來像那個傢伙嗎……？」

結果依然倒在我身邊的亞絲娜也輕輕點頭。

「嗯……牠不是骨頭，尺寸也大概有一倍大……不過，那是第七十五層的魔王吧……」

兩個人都這麼想的話，就不可能只是偶然了。

從受到深夜暴風雨吹動而搖晃的草原遠方，冷冷往下看著我們的異形巨獸就是骸骨獵殺者的修改版。

全長應該有二十公尺的人面蜈蚣。被烏亮甲殼與厚厚肌肉包裹住的胴體長出無數的腳，尾巴像長槍一樣銳利，兩隻前肢是彎曲的長大鐮刀。然後朝後方長長延伸的頭部，有著閃爍鮮紅光輝的四顆眼睛，以及往上下左右張開的巨大嘴巴。

浮現在人面蜈蚣頭上的紡錘型浮標，其下長達三排的ＨＰ條底下以英文字母表記著名稱。

「The Life Harvester」，收割生命者。把甲殼與肌肉從那隻蜈蚣身上剝除只剩下骨頭的話，就是跟骸骨獵殺者完全相同的模樣——雖然正如亞絲娜所說的，大小完全不同就是了。

「難道說艾恩葛朗特掉下來時，那個傢伙也從第七十五層掉下來了嗎……？」

聽見我的話之後，亞絲娜這次則是搖了搖頭。

「亞魯戈小姐不是說被那個傢伙追了三十公里嗎？再怎麼說都太遠了，也無法說明長著肌肉與裝甲的理由。」

「說得……也是。說起來，ALO的新生艾恩葛朗特的樓層魔王，應該全部都變得跟SAO不一樣了才對。」

當我如此回答時，就有岩石與岩石摩擦般的奇怪吼叫聲傳到耳裡。

「沙咻啊啊啊啊！」

像是被高高舉起兩隻鐮刀手的Life Harvester發出的咆哮引誘一般，紫色閃電開始在上空的黑雲上爬動。遲了一會兒後，巨大的雷鳴聲響起。不知不覺間雨已經停了，雷鳴卻沒有止歇的跡象。

「桐人，該怎麼辦！」

這麼大叫的是倒在稍遠處的愛麗絲。其他的伙伴們——莉茲貝特、莉法、西莉卡、詩乃、亞魯戈、結衣、克萊因、艾基爾、艾基爾的太太海咪以及與她同行的十九名「昆蟲國度」玩家，加上尖刺洞熊米夏、背琉璃暗豹小黑似乎都在等待我的判斷。

要戰鬥還是逃走呢？

老實說，我不認為戰鬥能夠獲勝。Life Harvester右前肢的鐮刀所使出的橫掃攻擊，已經由我、亞絲娜、莉茲貝特還有從昆蟲國度來的鍬形蟲與獨角仙等五人同時格擋了，卻全部輕輕鬆鬆就被轟飛。我的鐵製護胸與左邊的護手出現怵目驚心的裂痕，ＨＰ也減少到剩下六成左右，愛麗絲他們受到的傷害應該也差不了多少。

鐮刀的橫掃沒有伴隨著特效光。也就是單純的普通攻擊。光是這樣五個人都無法抵擋下來了，能力值上應該有絕望的──無法由玩家技術彌補的差異。不斷重複挑戰，分辨清楚行動模式的話或許能夠打敗牠，但這款遊戲「Unital ring」不容許這種情形出現。因為我們一旦死亡，就會永遠從這個世界被放逐。

這時候應該逃走。如果逃得了的話。

但是這也很困難。如果追了亞魯戈他們三十公里這件事情為真，Life Harvester應該被賦予了以遊戲怪物來說相當罕見的強力追蹤演算法。要甩開這樣的怪物只有兩種方法。不是逃到牠無法追過來的地方，就是將其推給其他玩家。

前者的話就是斷崖絕壁的上方或是洞窟內，又或者是受到保護的城鎮，但周圍只有森林與草原，我們的桐人鎮──不對，是拉斯納利歐是我們獨力建造的城鎮，所以沒有阻擋怪物的障壁。而就算要選擇後者，這一帶也只有我們，真要說起來是根本不想選擇後者。

Life Harvester垂下左右的鐮刀，讓無數的步足順暢地湧起波瀾往我們這邊移動。已經沒有苦惱的時間了。若是不現在立刻確定行動方針，不管是逃跑還是戰鬥都會無法執行而全滅。

一意識到全滅這個詞語，虛擬角色的內部結凍了般的戰慄就隨之襲來。

至少……至少能夠弄清楚怪物的攻擊模式的話。

不成聲的呼喊化為白色閃光在腦中來回奔馳……然後啪地爆開。

不，等等。我應該是知道的吧？如果Life Harvester是骸骨獵殺者長出肌肉並穿上鎧甲的怪物的話，那我跟亞絲娜過去就曾跟牠戰鬥過一次。雖然是將近兩年前的事情了，但是在生死關頭持續揮劍的記憶並不會就此消失。

「亞絲娜！」

我抓住纖細的左肩並這麼大叫。

「妳還記得骸骨獵殺者的攻擊模式嗎？」

這麼問的瞬間，栗色眼睛就整個瞪大。下一刻，眼睛裡就閃爍著下定決心的光芒——

「嗯，我記得。」

我再次用力握住如此斷言的亞絲娜肩膀。

「好。由我跟亞絲娜處理所有的鐮刀攻擊。同步以劍技轟擊的話，應該就能抵消威力。」

亞絲娜應該早就預料到我要說什麼了吧。浮現在暗夜裡的蒼白臉龐更加緊繃，然後對著我呢喃：

「但是對上骸骨獵殺者的時候，其中一把鐮刀是團長一個人抵擋的喔。」

亞絲娜所說的團長正是公會血盟騎士團團長，「神聖劍」希茲克利夫。正因為即使在攻略組玩家當中也以卓越防禦力為傲的他幫忙擋住一把鐮刀，我跟亞絲娜才能撐到最後。我不否認這一點，但是根據我的記憶——

「骸骨獵殺者雙手的鐮刀沒有同時攻擊過。在揮舞其中一把鐮刀前，另一側的鐮刀一定會在胸前疊起。不錯漏這個動作的話，靠兩個人格擋就不是不可能的事。」

「……知道了。」

回答得很快。亞絲娜應該也下定不可能逃走，只能在此迎戰的決心了吧。互相點點頭，從腰間的皮袋裡取出裝著回復藥，不對，是回復茶的小瓶子，兩個人同時將其喝盡。確認HP逐漸回復的圖標亮起，我們就迅速起身。

「各位，要戰鬥嘍！」

我一這麼大叫，原本蹲在草叢裡的伙伴們就一一站起來。

「那隻Life Harvester跟艾恩葛朗特第七十五層的骸骨獵殺者一樣！前面的鐮刀攻擊由我跟亞絲娜來處理！克萊因指揮左側面的攻擊！右側面就拜託艾基爾跟昆蟲國度成員！結衣用魔法

攻擊，米夏跟小黑守護結衣！」

面對我接連不斷的指令，作為攻略組玩家參加過骸骨獵殺者之戰的艾基爾與克萊因就回叫了一聲「喔！」。在兩人的指示下，愛麗絲與米夏等成員迅速往左右分開組成陣形，結衣與兩頭動物為了打游擊戰而拉開距離。

The Life Harvester像是感受到我們的鬥志一般暫時停下腳步，然後瞇起四顆眼睛。

「沙咻嗚嗚……」

像是要嘲笑這群遠比自己渺小的生物般發出低吼聲。

下一個瞬間，隨即一邊扯斷腳邊的草一邊猛然衝過來。我承受著強大的壓力，同時對著亞絲娜大叫：

「要上嘍！」

「嗯！」

持續像是回到ＳＡＯ時代般的對話後，我們也往地面踢去。敵我的距離急遽縮短，不到十公尺時，Life Harvester右邊的鐮刀就往胸口拉近，左邊的鐮刀則整個朝橫向揮動。

我們早已深切地體認到無法用武器格擋這件事。為了抵消鐮刀攻擊，只能兩個人同時用劍技轟過去。

在ＳＡＯ中開發出來，現在也被ＡＬＯ玩家繼承的系統外技能「同步劍技」，雖然是源自同時讓劍技命中這種單純的概念，但卻需要相當高等的技術。那是因為繁多劍技的預備動作所需的時間以及斬擊速度各不相同，同時發動的話命中的時機將會錯開。如此一來就無法獲得威力的相乘效果。

但是命中的瞬間完全一致的話，一加一的威力將變成三到四倍。而且劍技還有通常技沒有的強力擊退效果，所以光靠兩個人應該就能抵擋一擊可以把五個人轟飛的鐮刀攻擊。至少在骸骨獵殺者的時候就辦到了。

我發動單手劍的單發直斬技「垂直斬」，零點二秒後亞絲娜也發動細劍的單發突刺技「線性攻擊」。

同步劍技難以成功的另一個理由，是劍技的軌道以及身體都不能與同步對象的劍技重疊。比如說現在我發動的不是「垂直斬」而是橫斬技「平面斬」的話，就會在命中Life Harvester的鐮刀之前，先砍中正右方的亞絲娜吧。除了敵人之外也必須經常掌握伙伴的位置與姿勢，並且選擇最適合的劍技。

「沙啊啊啊！」

巨大鐮刀撕裂空氣的低沉聲響與吼叫聲重疊在一起。

我的長劍與亞絲娜的細劍帶著色澤些許不同的藍色特效光斬開黑暗。鐮刀的刀鋒與兩把劍的劍尖產生衝撞。

「鏘咿咿咿咿嗯！」巨大的撞擊聲壓迫著聽覺。

從劍傳遞到右手的強烈後座力，從手肘、肩膀貫穿到脊髓。

還沒……被轟飛。但敵人的鐮刀也紋風不動。剎那的膠著狀態。我甚至連這個世界無法使用的心念力都擠出來，試圖把鐮刀推回去。

突然間，有種腦袋中心爆炸的感覺，這時不只是自己的長劍，似乎連傳遞到亞絲娜細劍上的壓力都感覺得到。不需要言語，甚至連眼神都不用交換，意志就合而為一……

「喔喔喔！」

「喝啊啊！」

兩個人同時的吼叫，把劍技產生的威力榨到一滴不剩。

特效光發出特別炫目的光芒然後消失。我跟亞絲娜的武器被反彈回來，兩個人都失去了平衡。

但是Life Harvester左手的鐮刀也被推到後方去了。

——成功格擋了！

和技後僵硬中的亞絲娜一瞬間交換了一個眼神，以意念來溝通。在伙伴把三條ＨＰ全部打掉之前，只要不斷重複剛才的同步技就可以了。

我和亞絲娜從僵硬狀態恢復過來的同時，人面蜈蚣也從後仰狀態回復原狀。

這次換成疊起左邊的鐮刀，高高舉起右邊的鐮刀。這並非橫掃而是往下突刺的攻擊。雖然不需要用劍技反彈，但被直接擊中的話會立刻死亡，即使迴避也會遭受範圍攻擊而翻倒。

「桐人，還沒喔。」

往上看著Life Harvester的鐮刀，發出「嗯」一聲來回應亞絲娜的呢喃。鐮刀漆黑的刀尖像是要迷惑我們般不停地輕輕晃動——突然間，以迅雷不及掩耳的速度揮落。目標是亞絲娜。

「是妳那邊！」

當我這麼大叫時，亞絲娜早已踢向地面。我也全力跳起，在亞絲娜面前著地的瞬間，隨即深深蹲下馬步擺出防禦姿勢。

下一刻，鐮刀發出宛如爆炸的聲音猛然擊中地面。草呈放射狀遭到撕裂，衝擊波特效襲來。被吞沒的瞬間就感覺到強烈的衝擊，但總算是撐住沒有翻倒。也沒有受到傷害。

「桐人，沒有必要保護我！」

雖然背後的亞絲娜這麼說，但我一邊起身一邊反駁。

「亞絲娜的皮革防具，沒辦法毫髮無傷地擋下剛才的廣範圍傷害吧！」

「……嗯。」

即使發出懊悔的聲音，但立刻就能承認無庸置疑的事實正是亞絲娜的強處。我全身都裝備了「高級鐵」系列的防具，亞絲娜卻只有薄薄的胸鎧、護臂與護脛。確實防禦的話應該就能防止翻倒，但是無法避免遭受些許傷害。

Life Harvester往左右挖動刺入地面一公尺以上的鐮刀並將其抽出。我注視著牠的動作，迅速做出指示。

「剛才的往下突刺攻擊過來的話，盡量躲到我的後面吧！」

「了解！——過來了！」

人面蜈蚣直接把抽出來的右手鐮刀往後拉。橫掃又要來了。

我一邊準備劍技，一邊稍微確認蜈蚣側面的戰況。

從我這裡看過去的右側，由克萊因指揮的愛麗絲與莉茲貝特等人，正在猛烈攻擊二十根以上並排在一起的步足。左側的艾基爾與昆蟲國度組也同樣進行攻擊當中。雖然已經有好幾隻步足被砍斷，但Life Harvester經常會以猛烈的速度揮舞尾巴的長槍，所以看到前兆動作不馬上趴到地面的話就會受到嚴重的傷害。相信那邊的克萊因與艾基爾會仔細地做出指示，再次集中精神在鐮刀上。

依然是橫掃攻擊——不對，往後揮動的幅度比較小。這是……

「假動作！」

亞絲娜的聲音讓我把身體往右轉。左邊的鐮刀已經開始動了。在艾恩葛朗特第七十五層，就是被這個假動作騙到而差點死亡。靠著希茲克利夫的指示才好不容易來得及迎擊，當時還打從心底感謝他，但是說起來創造骸骨獵殺者的也是那個男人——茅場晶彥。

Life Harvester迅速抽回假裝要攻擊的右邊鐮刀，左邊鐮刀同時水平橫掃過來。軌道比第一擊稍微高了一些。我使出斜向斬擊「斜斬」，亞絲娜也以斜向突刺「閃電突刺」來抵擋。

五感與亞絲娜共有的感覺再次極短暫地降臨，彼此配合把鐮刀彈回去。

跟骸骨獵殺者戰鬥時也是一樣。我跟亞絲娜不需要言語就能溝通，沒有任何失誤就持續讓劍技同步。那場戰鬥之後經過很長的一段時間，世界、武器與能力值也都跟當時不同，但我們之間的聯繫依然存在。這樣的話，這次一定也能獲勝。

——桐人，右邊！

——要擋嘍！這裡！

以已經不知道是自己的聲音還是思緒的溝通調整好節奏，然後揮劍。

在反覆迎擊之中，雜念逐漸消失。一旦失敗就會死亡的恐懼、不知道持續到何時才能打倒怪物的焦躁感全都蒸發殆盡，只有跟亞絲娜合為一體，專心找出最合適動作的快感盈滿我的內心。

這所謂的恍惚狀態……

在最後的最後卻擺了我們一道。

「沙啾哦哦哦哦哦哦！」

隨著不知道是第幾次的凶猛吼叫聲，Life Harvester把左右兩邊的鐮刀往水平方向拉到極限。那是包含ＳＡＯ時代在內，至今為止的戰鬥中從未見過的動作。

如果我跟亞絲娜還處於普通狀態，應該會察覺未知的攻擊將要襲來，然後試圖退避到鐮刀的攻擊範圍之外才對。

但是持續在半自動狀態下迎擊的我們從恍惚狀態中醒過來後，為了取回思考能力而浪費了貴重的〇・五秒。

往左右高高舉起的鐮刀放出鮮紅閃光。骸骨獵殺者沒有的特殊攻擊——已經來不及退避，我跟亞絲娜也絕不可能各自擋下一把經過威力加乘的鐮刀。

「桐人——」

亞絲娜沙啞的聲音，跟伙伴們近似悲鳴的喊叫重疊在一起。

乾脆賭一把直接趴在地面——不對，有更好的選擇。

「前面！」

我邊叫邊用右手推亞絲娜的背部，然後兩人同時踢向地面。

發出燃燒般光芒的鐮刀從左右兩邊逼近。感受著即死級傷害的預兆焚燒著肌膚，同時拚命地衝刺。

Life Harvester的前肢，構造上是從三公尺左右的上臂前端連接著應該有五公尺的鐮刀。只揮動一隻鐮刀的話，會把另一隻鐮刀收到胸前來避免碰撞。現在牠同時揮動兩隻鐮刀。即使薄薄的鐮刀交錯，粗大的手臂也會互相阻礙。這個時候，胴體的正前方應該會有些許空間才對。

沒有的話，我跟亞絲娜都將在此死亡。

鐮刀迫近奔馳中的我。已經在背後交錯的兩把鐮刀互相摩擦，可以聽見「沙啊啊啊！」的聲音。眼前是包裹著藍黑色甲殼的巨大胴體。骸骨獵殺者的時候，緊要關頭還有能夠鑽到身體底下的空間，但是Life Harvester的腰部有四根倒刺般的突起物一路延伸到地面附近，把整個空間堵住了。

「貼上去！」

才剛大叫完，我就撲向那根突起物的側面。亞絲娜也把身體緊貼在上面。鐮刀依然從身後逼近——

可以聽見「鏗嘰！」的低沉聲響！

反轉身體後，發現兩隻前肢的關節部分撞在一起，把我跟亞絲娜關在小小的三角形裡。

「沙啊啊啊啊！」

充滿憤怒的咆哮聲。仰頭一看之下，Life Harvester異形的嘴巴擴張到極限，並且瞪著我跟亞絲娜。浮在其頭上的ＨＰ條剩下最後一條，而且也只剩下兩成左右。伙伴們死命地幫忙從側面削減牠的ＨＰ。為了不白費眾人的努力，必須讓這場戰鬥獲得勝利才行。

「沙咻嗚嗚！」

怪物再次吼叫。Life Harvester前肢的關節部位撞擊發出「喀嘰、喀嘰」的聲音，我跟亞絲娜頭上的嘴巴同時急促地開合著。但是包覆堅硬甲殼的胴體讓可動範圍變得狹窄，嘴巴無法咬到緊貼在腰部的我們。如果牠往前突進的話我們也只能移動，但克萊因他們的努力讓牠失去大部分步足，光是要支撐巨軀就很不容易了。

「桐人，機會來了！」

亞絲娜突然大叫並舉起細劍。察覺她的意圖後，我也把長劍扛在右肩。

「沙啊啊啊！」

在第三次咆哮響起的瞬間。

我朝著幾乎是正上方使出跳躍技「音速衝擊」，而亞絲娜則使出突進技「流星」。我們同時跳了起來。虛擬角色的跳躍力與系統輔助，讓我們以現實世界不可能出現的速度飛了起來。

拖著雙色軌跡的長劍與細劍，貫穿朝上下左右張開的巨大嘴巴。

藍白色閃光膨脹，從四顆眼睛內側變成光柱往外延伸。光芒從甲殼的裂縫與關節部漏出，震動——然後爆炸。

Life Harvester從頭部撒下藍色火焰並猛烈後仰，我跟亞絲娜也以後空翻往後跳去。一起順利落地之後就確認敵人的ＨＰ條。目前剩下一成左右。

感覺所有人一起上應該能把牠幹掉的我，為了做出全力攻擊的指示而吸氣。

但Life Harvester比我快了一步，發出了至今為止最大音量的怒吼。

「沙吼哦哦哦啊啊啊啊啊！」

受傷後光芒消失的四個眼窩燃起紅黑色火焰。失去八成以上步足的胴體劇烈扭動，尾巴的長槍敲打了兩三次地面。這是……瀕死的魔王怪物完全捨棄之前的行動模式來死命暴動，也就是所謂「狂亂狀態」的前兆嗎？

如果是在場所有人不進行防禦的全力攻擊，應該可以成功把剩下不到一成的ＨＰ歸零。但只要稍微殘留下一丁點ＨＰ，也可能會遭受反擊而一口氣潰不成軍。這時應該暫時拉開距離，多花一些時間來進行攻略嗎？

但是無法保證我跟亞絲娜能再次躲開剛才的雙鐮刀攻擊。至今為止的作戰，是持續讓Life Harvester把目標放在我們身上才能成立。如果仇恨轉移到側面的伙伴們身上，隊形很可能從那裡開始崩壞。

——到了這個時候才走投無路嗎！

當我用力咬緊牙根的時候。

「ㄨㄨㄨㄨㄨ！」

似曾相識的嘰嘰聲，從戰場西側一整片森林的方位尖銳地響起。

迅速回過頭一看，發現明顯比人類還要小的影子不斷從樹木的縫隙中衝出來。新的怪物集團……不對。是應該留在拉斯納利歐的老鼠人型NPC，帕特魯族們。總共有十隻，不對，是十個人。所有人左手都拿著鐵製草叉，右手則是由木頭削成的粗製長槍。

跑在前面，應該是女性領袖之一的老鼠人再次大叫：

「ㄨㄨㄨ！」

在她的呼喊下，十個人一起把右手的木製長槍投擲出來。從嬌小身軀投擲出來的長槍以難以相信的速度飛出，接連命中Life Harvester的頭部。雖然有一半被甲殼彈開，但剩下來的一半刺進肌肉裡，削減了3％左右的HP。目前還剩下5％。

「沙啊啊啊！」

發出憤怒咆哮的Life Harvester，把所剩不多的步足插到地面，改變了身體的方向。很明顯是以帕特魯族為目標。但嬌小的老鼠人以雙手架起原本拿在左手上的草叉，當場準備迎戰。

下一刻，又有新的聲音傳出。

「ㄨㄨㄨㄨㄨㄨ！」

又有複數的剪影從森林裡跑出來。這次是人類——但並非玩家。是跟帕特魯族一樣移居到拉斯納利歐的NPC，巴辛族。跑在前面的高大女戰士伊賽魯瑪，看著我大叫「ㄨㄨㄨ！」。

雖然我尚未習得帕特魯族語以及巴辛族語的技能，但靠著本能理解她在說些什麼。應該是

「你害怕了嗎」或者是「幹掉牠吧」。

事到如今，已經沒有撤退這個選項了。只有所有人硬著頭皮全力攻擊，不是勝利就是全滅。

我再次吸了滿滿的一口氣，然後舉起右手的劍，開口吼道：

「所有人，全力攻擊！」

充滿鬥志的「嗚喔──！」吼叫聲，與Life Harvester的咆哮重疊在一起。

2

「……蟲子先生、小姐們，吃的東西也跟我們一樣呢……」

坐在右側的莉法如此呢喃著，我則是不停地點頭表示同意。

拉斯納利歐的北區，鄰接寵物廄舍的空地，玩家與NPC加起來六十個人以上圍坐成一個巨大圈圈。扇形空地將來預定開拓為大規模的農園，寬大約三十公尺，長大約是十五公尺左右，所以空間仍相當寬裕，不過前ALO組（只有一個前GGO組）與前昆蟲國度組，加上巴辛族與帕特魯族雜亂地圍著巨大營火而坐的光景還是很有魄力。

尤其是前昆蟲國度組的虛擬角色沒有經過什麼擬人化，臉孔依然是蚱蜢、螳螂、獨角仙的樣子所以相當恐怖。本來應該舔樹汁或者吃草的蟲子，竟然張開恐怖的巨大下顎貪食著剛烤好的肉塊，那種模樣就跟恐怖電影的場景沒有兩樣。

「那邊的諸位，嘴巴裡面不知道是什麼構造……」

坐在我左邊的愛麗絲這麼問道，這時在莉法右側喝著啤酒般飲料的艾基爾小聲回答：

「我在戰鬥中看到了，跟人類一樣喔。」

聽見他這麼說的愛麗絲露出微妙的表情，我也反射地呢喃了一聲「好恐怖」。

但是口腔內的構造跟現實有太大差異的話，不對勁的感覺也會越嚴重吧。我以前也曾經在ＡＬＯ裡變身成嘴巴像狼一樣凸出的惡魔來啃噬其他玩家，不過我記得有點辛苦才能確實地咬住。

幸好現場沒有看見大口吃肉的巨大蚱蜢會嚇哭的小孩子。現在時間是九月三十日的晚上九點二十分，帕特魯族生下的五個孩子似乎已經在東區的居住地睡覺了，至於移居過來的十名巴辛族則沒有小孩子。

……嗯，如果結衣「Unital ring世界的ＮＰＣ會配合居住地的收容量來調整人數」的推測正確，最近巴辛族也可能會生下孩子。但是明天晚上這個城鎮就會變成戰場，可以的話希望生產的時間可以延後一些，帕特魯族的小孩子們在緊要關頭時也得想辦法讓他們從城裡逃出去才行。為了完成這個目標，我也差不多得學習巴辛語以及帕特魯語了……

當我想到這裡，巴辛族族長伊賽魯瑪就雙手抱著巨大盤子，踩著沉重腳步往我這邊走過來。她似乎已經大醉，通紅的臉上掛著開朗的笑容。在我面前重重放下盤子之後，就坐下來並且叫著「ㄨㄨ！」，不過我當然聽不懂意思。

直徑達七十公分左右的盤子上，切成厚厚一塊的肉排正發出咻咻的聲音。雖然只是把用營火烤熟的肉塊切下來的簡單料理，但是卻飄盪著來到這個世界後從未聞過的濃厚民族風香味，這應該是伊賽魯瑪他們使用了從巴辛族的村子裡帶過來的某種辛香料吧。

「ㄨㄨ！」

伊賽魯瑪再次大動作動著右手並這麼大叫，我便判斷應該是對我說「吃吧」，於是就用木製叉子朝肉排刺下。抬起直徑三十公分，厚三公分的肉後，大量的油脂與肉汁就滴了下來。

外表與氣味都讓人食指大動——但要大口咬下還是有點心理障礙。因為這是超巨大人面蜈蚣型練功區魔王怪物，The Life Harvester的肉。

三十分鐘前左右，沒有退路的我們對陷入狂亂狀態的Life Harvester發動全力攻擊。即使被數十招劍技的閃光籠罩，Life Harvester還是高高舉起兩把鐮刀與尾巴的長槍。改寫全員受到致命反擊這種最慘結局的，是我一邊跳躍一邊施放的三連擊技「銳爪」。第三擊撕裂Life Harvester的心窩，當第三條ＨＰ消滅時，差點就因為分泌太多腎上腺素而發動AmuSphere的安全裝置。

只能說真不愧是超級強敵，Life Harvester掉落大量的經驗值與道具，不過最多的還是肉，然後是甲殼，再來是骨頭。尤其肉是數量多到在場所有人塞滿道具欄都還搬不完，當我不知道該如何處理才好時，伊賽魯瑪就理所當然般提出舉行慶祝宴會的提議。

營火旁邊堆積了肉塊形成的山，巴辛族們俐落地分切、插上竹籤、撒上香料然後火烤。昆蟲國度組、帕特魯族們以及克萊因在肉一烤好時就開心地吃了起來，由於我總是會忍不住想起

Life Harvester的詭異外形，所以很想婉拒……至少想等亞絲娜與結衣展現料理技能製作燉肉時才嚐嚐味道……正當我這麼想時，伊賽魯瑪就登場了。

瞄了一下右邊之後，莉法就迅速把視線移開。往左邊一看，愛麗絲也別過頭去。正面則是伊賽魯瑪的笑容。我已經無處可逃了。

Life Harvester的外型雖然像蜈蚣，但如果是蟲類的話，就得是沒有骨頭的框架構造才行。如果肉裡頭有骨頭支撐的話至少就是脊椎動物，生物學上來說比較接近牛而不是昆蟲。

我這麼告訴自己，然後把「沒有五隻腳以上的脊椎動物」這樣的知識丟到腦袋角落，接著大口咬下厚實的肉排。

表面雖然烤得焦脆，裡面卻是軟硬適中。感覺味道比較接近羊肉而不是牛肉，不過巴辛族的香料把羶味變成了香氣。老實說，這種肉比尖刺洞熊或者基幽魯野牛還要美味個一兩個檔次。只要Life Harvester噁心的模樣不閃過腦海的話。

咀嚼的肉在虛擬角色當中的虛無空間消失之後，我就大叫：

「真好吃！」

但伊賽魯瑪卻露出愣住的模樣，於是我便詢問周圍的同伴們：

「那個，巴辛語的好吃該怎麼說？」

莉法與愛麗絲都露出狐疑的模樣，不過在附近餵畢娜吃樹果的西莉卡卻看著我說：

「是『吉美』喔！」

我把她到底是何時學會巴辛語的疑問放在一邊，朝伊賽魯瑪說：

「吉美！」

但女戰士疑惑的表情仍未消失。

「吉美！這個超吉美！有夠吉美！」

莉法他們像是再也無法忍耐般開始竊笑。豁出去的我不停嚷著吉美、吉美並且微調整語調，到了第十次左右伊賽魯瑪的臉上終於浮現出笑容。

「ㄨㄨ！吉美！」

她強壯的左手拍了拍我的右肩，然後把殘留在大盤子上的肉排分配給莉法跟艾基爾他們，結束後就回到營火旁邊。逐漸遠去的粗壯背部，跟見慣了的訊息視窗重疊在一起。

【獲得巴辛語技能。熟練度上升為1。】

等待那個視窗消失，我就再次向西莉卡問道：

「熟練度要提升到多少，才能使用言語技能呢？」

「嗯……要能夠完成最低限度的溝通，大概熟練度要10左右吧。我也還只有15，所以沒資格說大話就是了……」

「10嗎……」

那樣說不定不會太辛苦，當我這麼想時，西莉卡就帶著燦爛笑容補充道：

「順帶一提，熟練度10的話，只要熟習三十個單字左右就能夠達成了。請加油吧！」

「……這……這樣啊……」

也就是說，想同時把巴辛語以及帕特魯語的熟練度提升到10的話，就必須把六十個現實世界派不上用場的單字學到發音完全標準才行。到時候有兩三個英文單字被從腦袋裡擠出來也不是什麼奇怪的事。

——雖然不知道究竟是哪裡來的傢伙製作了這款遊戲，但是為什麼要弄成如此麻煩的模式呢，真是的……

默默地如此咒罵著，同時再咬了一口由Life Harvester肉——簡稱哈貝肉製成的肉排。

即使參加慶祝宴會的所有人都已填飽肚子，Life Harvester肉的總重量還是減少不到一成。

如果這裡是Underworld，不把剩下來的生肉曬乾、冷凍或者鹽醃的話，天命一下子就會耗盡了，幸好Unital ring裝入道具欄的素材道具耐久度不會減少。也就是說，人口增加許多的拉斯納利歐目前糧食的問題方面已經獲得解決。當然每餐都吃肉排的話可能還是會膩，但亞絲娜和結衣煮的香草燉肉口味溫和又好吃，而且也有其他的料理方法才對吧。此外洞熊米夏、暗豹小黑，以及亞絲娜的寵物長喙大鬣蜥的阿蜥似乎也都很喜歡哈貝肉。

慶祝宴會在晚上十點結束，帕特魯族與巴辛族各自回到自己的居住地後，廄舍前面的空地只有我的同伴們還有二十名前昆蟲國度組留了下來。我們就趁這個機會重新自我介紹。

昆蟲們的隊長是艾基爾的太太，蘭花螳螂海咪。副隊長則是亞克提恩象兜蟲薩利翁，以及長鬚鍬形蟲畢明古。結束打招呼與握手之後，我終於對「老鼠」提出一直存在於心中的疑問。

「那麼……亞魯戈，妳為什麼會跟海咪小姐他們在一起呢？」

結果嬌小的情報販子把右手的啤酒杯一飲而盡後就回答：

「沒有啦，我昨天晚上不是說過要努力做些事情嗎？」

「啊……是說了。」

「其實我跟海咪之前就認識了……」

「咦……因為艾基爾的關係嗎？」

詢問之後才又自己否定這個可能性。亞魯戈出現在我面前是在短短兩天之前，至今為止都是消息不明狀態。如果早就跟艾基爾取得聯絡，昨天介紹亞魯戈時，他應該不會那麼驚訝。

「不，是靠別的關係喲。」

亞魯戈果然說出預料之中的答案，然後稍微瞄了一眼昆蟲們之後才又繼續表示：

「我從一年前左右就一直在取材關於The seed連結體的全球化。昆蟲國度在美國算是很大眾的seed遊戲，但日本幾乎沒有人玩……好不容易才找到的就是海咪。」

「咦……那在美國很受歡迎嗎？」

感到有些，不對，是相當驚訝的我這麼反問之後，回答的不是亞魯戈而是我身邊的亞絲娜。

「嗯，我也曾經從有紀那裡聽說過遊戲名稱。她說來到ALO之前，和沉睡騎士的成員們玩過一陣子。」

「這樣啊……」

一聽到「絕劍」有紀的名字，就連沒有什麼交流的我都被胸口揪緊的感覺襲擊。亞絲娜雖然帶著微笑，但可以看見瞳眸裡的光芒產生些許晃動。

下意識動著右手輕觸了一下亞絲娜的左手後，我就把視線移回亞魯戈身上。

「雖然知道妳認識海咪的理由了……但為什麼會一起被Life Harvester追趕呢？」

「這個嘛……」

亞魯戈環視周圍，然後撿起一根較長的樹枝，用樹枝在地面畫出直徑一公尺左右的圓。

「實際上是更複雜的形狀，但是先把這個當成Unital ring世界的整體地圖吧。」

「嗯。」

我跟亞絲娜點完頭，詩乃、愛麗絲以及海咪跟數名昆蟲國度玩家也靠過來圍住地圖。亞魯戈毫不在意，只是繼續解說：

「如果這邊是北方，現在我們的所在地大概是在這裡附近。」

樹枝迅速刺向地圖西南方相當靠近外圍的地點。

「妳為什麼知道是這裡？」

聽見詩乃的問題後，亞魯戈轉了一下樹枝，指向殘留著雨雲尾巴的夜空。

「第一天晚上極光延伸出去的方向，小詩詩也還記得吧？」

看來亞魯戈繼稱呼愛麗絲為「小愛愛」後，決定稱呼詩乃為「小詩詩」了。被如此稱呼的詩乃眨了兩下眼睛後才輕輕聳肩說：

「嗯，我想應該是東北方。」

「也就是這個方向吧。」

如此說完，亞魯戈就準備再次把樹枝刺向地圖上剛才戳出拉斯納利歐的點，但是手卻停了下來——

「應該比東北方更往北一點吧？」

「咦？……啊，對喔。」

點頭的詩乃蹲了下來，以食指在地圖上距離拉斯納利歐數公分的西北方戳了一個新的點。

「夜空中出現極光，聽見之前的廣播時，我在基幽魯平原的另一側……大概是這邊附近。

如果亞魯戈小姐想說的是這麼回事的話，那麼我所看到的極光，跟桐人你們看見的方向應該有點不同才對。」

如此說完，詩乃就從自己戳出來的點往東北方向——圓形地圖的中心迅速畫了一條線。

亞魯戈對站起來的詩乃咧嘴笑了起來，接著也用樹枝從拉斯納利歐畫線。由於這邊也是朝向中心，所以兩條線正如詩乃所說的，在角度上有些微的不同。

「這就表示……」

以渾厚聲音發出沉吟的是不知何時加入圓圈的艾基爾。他看向站在旁邊的螳螂型虛擬角色，然後用英文詢問：

「Hyme，in which direction did the aurora you saw flow？」

結果海咪就動著剃刀般的巨大下顎，以嬌豔的女性聲音回答：

「Almost north（幾乎是北方）。」

她伸出右手的鐮刀，以尖銳的前端從拉斯納利歐往東十公分左右的地方朝正北方畫線。

看見地圖上並排的三條線，就能明顯知道亞魯戈的言外之意了。

「也就是說那道極光，是像這樣……呈放射狀出現在Unital ring的天空中嗎……」

我一這麼呢喃，亞魯戈就點了一下頭，然後從圓形的地圖東側與北側也畫了幾條朝向中心的線。

「正是如此。實際上，我從網路上也有抓到極光朝向西方還有南方的情報。從Seed遊戲被強制轉移到Unital ring的所有玩家，大概是呈環狀分配在地圖的外圍部分。然後從該處一起……」

愛麗絲接續亞魯戈的說明。

「以位於世界中心的『極光指示之地』為目標嗎……如此考慮起來，詩乃等ＧＧＯ玩家就配置在我們這些ＡＬＯ玩家附近算是很幸運的了……」

「說是附近，其實也沒有多近啦。」

詩乃苦笑著這麼說完，曾經遠征基幽魯平原的同伴們就不停地點頭。實際上，跟詩乃會合的牆壁迷宮就橫跨於平原正中央，從拉斯納利歐到那裡的直線距離也有三十公里。詩乃在遇見我們之前似乎也移動了差不多的距離，所以距離ＧＧＯ組出現的遺跡大約是六十公里……比從阿爾普海姆的風精靈領地首都司伊魯班到世界樹的距離還要遠。

似乎想到同樣事情的莉法，認真地凝視著地面的地圖並且說道：

「亞魯戈小姐，實際上這個世界的半徑大概有多少公里……？」

「嗯～～～～」

沉吟了一陣子的亞魯戈，以樹枝前端依序敲打——ＧＧＯ組的出現地、拉斯納利歐以及昆蟲國度組出現地等三個點。

「這三個地點也是我用直覺隨手試著畫畫看而已。只不過，如果這個比例尺正確的話……

從各出現地點到地圖中央，應該有六百，不對，是七百公里吧。」

「七百公里！」

莉法這麼大叫，莉茲貝特與西莉卡也呢喃著「不會吧……」，昆蟲們遲了一會兒後也各自用英文叫著「No way！」或者「Kidding me？」。

也難怪他們會這樣。半徑七百公里就表示直徑是其兩倍——一千四百公里。阿爾普海姆的直徑是一百公里，即使如此就已經有種廣大無邊的感覺了，當我們被困在死亡遊戲ＳＡＯ裡時，甚至連艾恩葛朗特直徑只有十公里的一個樓層都覺得寬廣到無邊無際。這時候突然說出一千四百公里，當然對這樣的規模沒有真實感。以現實世界的日本來說，是足以匹敵北海道到九州的距離，Underworld的話……

「——！」

當想到這裡的瞬間，我的身體就震動了一下。

下意識中抬起頭來，和正面的愛麗絲四眼相對。貓耳騎士的藍色眼睛也稍微瞪大。

對方應該也跟我想到同樣的事情吧。亞魯戈半徑七百公里的概算，如果再大一點的話。比如說，如果是七百五十公里的話。

這個數字就跟盡頭山脈包圍住的人界半徑完全一致。

——不，就算是這樣，那也只是偶然。

愛麗絲似乎也感覺到我的想法。只見騎士默默地微微點了點頭。

Underworld跟這個Unital ring除了都是用The seed程式套件之外就沒有任何關聯。而且Underworld沒有連接The seed連結體，所以連這個關聯性都極為希薄。現在不應該從偶然裡找出意義，必須集中精神在眼前的狀況才行。

對自己這麼說的同時，周圍的騷動也平靜了下來。輕咳了一聲之後，我就回到最初的話題上。

「關於這個世界的全體圖，我大致上了解了。但是亞魯戈，這件事跟妳還有海咪他們在一起有什麼關係？」

「啊，對喔，剛才是在說明這件事。」

說完裝傻的台詞後，亞魯戈就瞄了一眼並排站在周圍的昆蟲軍團，然後繼續說道：

「嗯，事情其實很簡單。我自從發生這個事件之後，也從海咪那裡聽取狀況。昆蟲國度組也說事情變得很可疑，所以就邀請他們過來幫忙。」

「可疑……？」

有人從左斜前方對露出疑問表情的我丟出問題。

「阿桐，你知道多少關於昆蟲國度的事情？」

發言者是白色外骨骼有著粉紅主色的蘭花螳螂——海咪。流暢的日文與首次聽見的稱呼讓我一瞬間吞吞吐吐起來，接著便搖頭表示：

「沒……沒有啦，算什麼都不知道吧……」

「嗯，也是啦。昆蟲國度的玩家是節肢動物裡的六足亞門……也就是昆蟲和除此之外的螯肢亞門、多足亞門爭奪霸權的設定。螯肢亞門是蜘蛛、蠍子或者避日蛛等，多足亞門則是蚰蜒或者蜈蚣。」

「……那樣的話，大多數玩家都會選昆蟲吧？」

我的話讓蘭花螳螂的三角形臉龐上下動了起來。

「Exactly。營運開始經過很長一段時間，螯肢亞門和多足亞門……我們以『八隻腳以上（Eight or more）』的簡稱『八上』來稱呼他們，他們被昆蟲方壓制，不斷地失去領土。所以最近調整平衡度，八上的技能與能力值獲得大幅度強化。八上就以此為契機開始大反擊……結果這時候就發生這個事件了。」

「嗯……難道說昆蟲國度組是昆蟲玩家與八上玩家都出現在同一個地方？」

「Ya（嗯）。」

「這樣不是會引起大騷動？」

「是啊。」

海咪如此肯定後，聽著艾基爾同步翻譯的薩利翁與畢明古也發出經過克制的咒罵聲。等待他們結束之後，海咪才再次開始說明。

「強制轉移後幾個小時內，『六隻腳（Sixes）』……昆蟲玩家，包含我們在內幾乎都被八上殺掉了。因為是緩衝期間所以復活了，但是繼承的裝備全被搶走，六腳這邊完全沒有逆轉的機會了。即使如此，幾乎所有六腳還是沒有離開起始地點的遺跡，但我們的連隊預測緩衝期間之後將會結束，所以便離開遺跡。」

「連隊……是像公會那樣的嗎？」

「Ya……別看我們這樣，我們在昆蟲國度裡可是排名前十的連隊。但沒有裝備實在難以前進，在拖拖拉拉的時候緩衝期間也結束了，然後八上又從遺跡追了過來，no way out……日文要怎麼說？」

「咦……進退維谷之類的……」

「就是那個，在進退維谷的時候接到亞魯戈的聯絡。」

終於可以看見事情的發展，我便「呼」一聲鬆了一口氣。

空地中央的營火不知不覺間幾乎熄滅，米夏、小黑和阿蜥等三隻寵物圍在一堆小小的殘火附近睡得正香甜。不對，仔細一看之下，不知道什麼時候從西莉卡頭上移動的畢娜也在小黑背上縮成一團了。阿蜥雖然沒有參加，但與Life Harvester的戰鬥，一個搞不好可能米夏或者小黑其中之一，甚至是兩者都可能會犧牲。

雖然都是順勢馴服的寵物，但連我自己都感到意外的是，短短幾天就對牠們產生了感情。雖然不願意想像失去牠們的時候，但為了不讓這種情況成真，必須仔細地考慮讓牠們參加戰鬥的方式才行。

我把從動物們身上拉回來的視線再次移向亞魯戈。

「也就是說亞魯戈今天是到昆蟲組的區域去迎接海咪他們嗎？事先說一聲的話，我或者哪個人就能一起去了啊……」

「不用啦，途中的怪物我全用躲藏與匿蹤閃過了。自己一個人還比較安全。」

「那妳這個躲藏大師，為什麼會被那個大傢伙盯上呢？」

質問關於被Life Harvester追逐的事件後，擁有「老鼠」綽號的情報販子就露出苦澀的表情。即使去程可以獨自一人，回程就變成二十一人的大團體，所以剛才那確實是很壞心眼的問題……當我如此反省時。

「是我的失誤啦。」

「咦……是這樣嗎？」

「情報販子的慾望不小心跑了出來。聽好了桐仔，這個Unital ring世界有個有點不自然的特徵。」

「咦……？」

亞魯戈的話讓亞絲娜與莉茲等人露出興致勃勃的表情靠了過來。在眾人的視線注意之下，亞魯戈再次把右手的樹枝伸向地面的地圖。

她在表示拉斯納利歐的點，其西南方也就是基幽魯平原的右下附近，畫了一個小圓而不是點。然後又在遙遠的西北方畫了一個。

「這個世界的各地都有像這樣的正圓形盆地。最大的直徑有十公里，小的好像也有三四公里。森林或者河川明明是相當自然的外形，只有像這樣的盆地是特別漂亮的圓形，所以應該有什麼理由才對吧？」

亞魯戈的話讓我發出沉吟聲並且歪起脖子。

「啊……這是巴辛族所在的盆地！」

莉茲貝特指著距離拉斯納利歐比較近的圓並且這麼大叫。詩乃接著指向遠方的圓，開口表示：

「歐魯尼特族的村莊大概是在這邊的盆地。我原本以為是他們自己往下挖出那樣的地形……原來是天然的嗎？」

她的話讓愛麗絲與西莉卡也點了點頭，很可惜的是我哪個盆地都沒有見過。我記得結衣也去過巴辛族的村子兩次，於是便對在亞絲娜身邊持續凝視著地圖的白色洋裝少女問道：

「結衣啊，巴辛族生活的盆地有這麼圓嗎？」

「因為沒有從高處往下看的機會，所以沒有確認過整體的形狀……但是我能見到的範圍，盆地境界處的圓弧，其正圓度推測是五公分左右。光靠The seed program的地形生成引擎的話，確實是不太可能的數值……」

我花了一秒鐘咀嚼她流暢的說明。正圓度五公分的意思是，直徑達數公里的盆地，其圓形與幾何學上的正圓相比，最多也只有五公分以下的誤差而已。如此說來，確實只能認為是這個世界的創造者刻意製造出來的地形了。

「……亞魯戈，這個正圓形盆地到底是什麼？」

我的問題讓情報販子在兜帽底下的臉浮現明顯的苦笑。

「這件事我也調查了喲。現在這種盆地在整個地圖上已經被發現超過三十個以上了。而且裡面全部有東西。像是ＮＰＣ的村子啦、遺跡啦、迷宮之類的……然後，今天晚上跟海咪他們會合之後，在這邊附近也發現一個盆地。」

亞魯戈在拉斯納利歐往東五公分處——實際距離三十公里那麼遠——畫下第三個圓形並且繼續說：

「網路上完全沒有出現這個盆地的情報，我才想只去調查一下裡面有什麼，於是讓海咪他們等一下，自己進去調查。結果在枯死的森林裡有石頭圓陣般的遺跡，當我想著『這裡有寶藏的味道』時，那隻大到誇張的人面蜈蚣就從岩石的後面衝出來了……」

「……原來如此。」

我稍微瞄了一眼空地的東側。從這裡雖然只能看見包圍拉斯納利歐的賽魯耶提利歐大森林，但是地圖在森林前方當然還是會繼續延續下去，而且這只是Unital ring世界的一小部分而已。

「所以，從那個盆地一直到跟我們會合的地點，一直都被那隻Life Harvester追趕嗎？」

「實在沒想到牠會追三十公里。給海咪他們添了許多麻煩……」

難得露出沮喪模樣的亞魯戈嘆了一口氣，這時克亞提什麼象兜蟲的薩利翁就以開朗的聲音對她搭話。

「Never mind，girl！I had a blast！」（別在意，我玩得很開心）

什麼鬚鍬形蟲的畢明古也立刻大叫：

「I felt good about beating that mob！」（幹掉那個傢伙，我覺得很爽快喲）

面對嘴裡表示同意的昆蟲們，亞魯戈以宛如艾基爾般的流暢英文回應：

「Isn't the reason that biggy had been after us is because that was an Eighmore and you are Sixes，right？」（那隻大傢伙之所以不斷追過來，是因為牠是八上而你們是六隻腳對吧）

下一個瞬間，昆蟲們就發出巨大的爆笑聲，我不由得浮現「亞魯戈姊姊真是太厲害了！」的想法。

不論如何，如果是這樣的話，對於讓二十名昆蟲國度組成員加入拉斯納利歐就沒有任何意見了。反而應該舉雙手歡迎……雖然是這麼想，但是我這邊也有件事情必須先警告他們。

在多少借助艾基爾的幫忙之下，我竭盡自己的英文能力對海咪他們說明明天晚上即將來臨的最大等級危機。

得知能夠使用恐怖窒息魔法的「魔女」——「假想研究社」的隊長姆塔席娜以及她所支配的上百名玩家將攻擊這個城鎮後，海咪果然以嚴肅的表情跟伙伴們談了一陣子，然後才重新轉過來看著我。

「那個叫姆塔席娜的女人沒有合作的可能性嗎？」

「…………」

無法立刻回答，我在下意識中以右手觸碰鎧甲的護喉。

底下的脖子上刻劃著漆黑環狀紋章，也就是被姆塔席娜施加窒息魔法的證據。如果現在姆塔席娜在遙遠南方的斯提斯遺跡把法杖往地面一敲，我將會無法呼吸而在地上打滾。

她整體的戰鬥力在目前的Unital ring是最強等級已經是無庸置疑的事實。能夠跟她締結合作關係的話，將會成為無比可靠的伙伴吧。但是……

我慎重地把姆塔席娜刻劃在我腦海裡的發言翻譯成英文，並且傳達給海咪他們知道。

——現在約定好要互相幫忙，等靠近終點時小隊間一定會發生紛爭，之後發展成小隊內的自相殘殺。但是至少在我的魔法還有用的期間就能迴避這樣的事態。以攻略遊戲為目標的話，這是最完善且最棒的手段了吧？

即使說完最後的「isn't it?」，昆蟲們還是沉默了一陣子。當我開始覺得是不是自己的英文太爛而感到慌張時，海咪就低聲呢喃了一句「Ridiculous（荒謬）」。

她在身前交叉帶有尖刺的鐮刀，切換成日文後繼續說道：

「看來確實無法跟那個女人做朋友。然後，既然都聽到這裡了，絕對不可能當成不知道這件事。」

「等……等一下，還是希望妳慎重考慮。因為是有一百人的軍隊要攻過來喔……海咪你們就算在這個城鎮休息一晚，明天早上就出發離開，我也絕對不會怪罪你們的。」

「一百個人確實不容小覷。但我們也有阿桐的同伴、那些很酷的原住民與可愛的小老鼠們，再加上我們的話就有六十個人吧？個別的戰鬥力絕對贏得過對方，而且防守方都占優勢。應該很有機會與之一搏吧？」

「這個嘛……的確是這樣。」

今天早上的階段在戰力上仍有絕望性的差異，不過加入海咪他們二十個人的話狀況就不一樣了。而且姆塔席娜軍他們應該沒有料到昆蟲組會加入我們，在重要時刻讓他們參戰的話，應該能夠期待昆蟲虛擬角色的恐怖外表帶來的心理效果。確實訂立作戰計畫，以陷阱與奇襲來擾亂對手的話，或許就能夠找到勝機。

但是——

光只是有機會獲勝是不行的。激烈戰鬥之後雖然擊退敵人，我們也失去一半成員……這樣的結果無法說是勝利。Unital ring世界是一旦死亡就再也無法登入，所以在完全攻略之前不希望失去任何同伴，而真的會死亡的NPC們就更不用說了。只有確定我方可以在不會有任何人犧牲的情況下擊退百名敵人時才能戰鬥。不對，發動襲擊的玩家們也是受姆塔席娜所脅迫，可以的話也盡量不想造成敵人的死亡。

「……戰鬥開始之前，可以想辦法單獨解決姆塔席娜的話……」

當我再次提到在Life Harvester戰之前的會議也出現過的點子，不知道喝了第十幾杯啤酒的克萊因就感到很遺憾般表示：

「結果還是變成這樣啊。雖然偷襲未曾謀面的淑女有違我的原則，但既然是對方主動攻擊就沒辦法了……」

「不然你自己一個人去說服她也可以喔。」

莉茲貝特的提議讓克萊因不停地左右搖頭。

「大刺刺地跑過去，要是連我都中了絞首魔法可就不妙了。」

那種丟臉的聲音，讓眾伙伴以及昆蟲軍團都愉快地笑了起來。

在這樣的情形中，我的右臉頰附近感覺到亞魯戈的視線，於是刻意把眼神移開。

昨天晚上，遠征到ALO組出發地點斯提斯遺跡時，我被捲入姆塔席娜的絞首魔法——「不祥者之絞輪」當中，我到現在都還沒向同伴們表明這件事。知道的就只有待在同一個地方的亞魯戈。

之所以要她不能洩漏，是因為一旦讓伙伴們知道了，他們就會以解開我身上的魔法為優先而不去理會堆積如山的任務。不能讓眾人的升級與裝備強化因此而變慢。

亞魯戈三不五時就傳送過來「快點坦白比較好喲」的心電感應，但拉斯納利歐攻略戰——對我們來說是防衛戰——一旦開始，姆塔席娜應該就不會發動「絞輪」才對。她那麼做的話，不只是我，連她那一百人的手下都會無法動彈。

只要殺掉姆塔席娜或者破壞她的法杖或許，不對，應該說絕對可以解除「絞輪」。之後再跟亞絲娜他們說明情況並且道歉就可以了。

我把愧疚感嚥了回去並再次如此下定決心，接著就看著海咪說：

「……真的很感謝你們願意一起戰鬥。如此一來就正如海咪所說的，我們應該也有勝算了。但以目前的狀況，我們要在沒有任何犧牲的情況下打敗百人規模的敵人是相當困難。所以要盡可能尋找迴避戰鬥的方法，萬不得已時……也必須檢討捨棄城鎮這個選項。」

好一陣子沒有任何人發言。

既然迎接帕特魯族與巴辛族，帕特魯族又有小孩子誕生，就無法捨棄城鎮，這是數小時前的會議才剛做出的結論。伙伴們或許會覺得事到如今還在說什麼蠢話。

但是，在Life Harvester戰切身體驗到全滅的可能性時，我在冰冷的戰慄當中有了強烈的想法。

不想失去伙伴。不希望任何人死亡。如果要失去任何一個人，我寧願當場放棄攻略Unitalring……

一瞬間用力握緊雙手後，我就改變身體的方向看著亞絲娜的臉。

映照出晃動火焰的眼瞳筆直地回望著我。但是眼睛裡似乎帶著些許擔心。

也難怪她會這樣。拉斯納利歐中央存在作為我跟亞絲娜「老家」的圓木屋。當新生艾恩葛朗特墜落時，這棟重要房子的應該跟第二十二層一起遭到破壞了才對，但累積好幾次的奇蹟與拚命的努力才好不容易緊急迫降在這座森林裡。放棄拉斯納利歐就等於是放棄那棟圓木屋。

在苦悶的沉默當中，突然有一道宛如清涼夜風的聲音傳出。

「桐人，在戰鬥之前就老是想著戰敗時的事情，原本會贏的戰役也會落敗喔。」

這麼說的是愛麗絲。威風凜凜地挺直背桿，把手放在左腰劍柄上的站姿，即使穿著粗獷的鐵製鎧甲，看起來依然跟整合騎士時的她沒有兩樣。不對，她到現在也還是那個高傲的「金木樨騎士」。

「當然，預設各種狀況也很重要。但那是為了獲勝而做的吧？為了迴避戰鬥而自己選擇敗逃，我覺得根本是本末倒置。」

被這麼批評的我完全無法反駁。

愛麗絲在Underworld發生的「異界戰爭」裡，投身於敵我戰力差為五萬對三千的絕望戰鬥之中，以自身創出的大規模神聖術為戰爭初期帶來勝利。由於當時處於心神喪失狀態的我完全派不上用場，現在這番話才特別在我的內心造成了迴響。

沒錯……距離姆塔席娜的軍隊襲來還有二十個小時以上。現在放棄還太早了。拚命攪動腦汁的話，或許能找到在不犧牲任何伙伴的情況下，擊退百人聯合部隊的方法。

我確認顯示在視界角落的時間。現在是晚上十點。雖然很難說是剛剛入夜，但VRMMO玩家的黃金時間現在才要開始。我想還是先移動到圓木屋，進行正式的作戰會議吧。

與同伴進行簡短討論的海咪重新轉向這邊後，靈活地聳著螳螂虛擬角色的肩膀說道：

「阿桐，抱歉，我的同伴們差不多要下線了。」

「咦？啊……對喔。薩利翁他們是從美國潛行的嗎……」

艾基爾的太太海咪雖然是住在東京，但除此之外的十九個人都住在美國本土，所以跟日本當然有時差。那邊現在是幾點呢，當我試著在腦袋裡計算時差的瞬間，看透我表情的結衣就明確地告訴我答案。

「現在西海岸是凌晨五點，東海岸是上午八點！」

「謝謝妳，結衣……那真的是到極限了，抱歉讓你們上線那麼久。」

聽見我的道歉後，海咪就迅速搖了搖頭。

「不會啦，玩得很開心喔……那麼，我的同伴要登出了，可以借一下那棟小屋嗎？」

這麼說完就用鐮刀所指的是並排在廣場北側的廄舍。

就算是非人型虛擬角色，把他們當成動物也太過分了，所以就帶薩利翁他們到南側商業區的旅館——不過尚未開業——然後請他們在那裡登出。

跟獨自留下來的海咪回到圓木屋，坐在寬敞的地板上再次開始會議。

我以營火的餘燼在用初級木匠技能製成的布告板上畫出拉斯納利歐周邊簡單的地圖後，就對伙伴們問道：

「大家把自己當成姆塔席娜來思考吧。如果要用一百人來攻略這座城鎮，會訂立什麼樣的作戰？」

這唐突的問題讓在場所有人都愣了一下，但立刻就用嚴肅的表情盯著地圖看。

拉斯納利歐是直徑六十公尺的正圓形，外圍被高三公尺的堅固石牆包圍，東北、東南、西南、西北等四處設置了木製閘門。城鎮四周是深邃的森林，只有西南閘門有道路延伸出去，連結著流經森林西邊的馬魯巴河。

經過三十秒左右，至今為止都專心擔任翻譯的艾基爾就用渾厚的聲音說：

「就我聽桐人的描述，姆塔席娜似乎有著相當扭曲的性格，應該不會魯直地從西南的道路發動突擊吧。」

「我也這麼認為。」

畢娜回到頭頂上的西莉卡贊同這個說法。米夏、阿嘶、小黑等三隻寵物已經在廄舍睡覺，不過在這個世界，飼主的頭頂依然是畢娜的固定位置。

「姆塔席娜應該也想盡可能減少己方的犧牲，因此會不會訂下將計就計的作戰呢？比如說，讓分隊躲在道路兩旁的森林，等我們衝出去時就展開夾擊之類的……」

西莉卡的發言讓所有人發出「哦～」的聲音。對付怪物的話，從據點引誘出來再進行包圍攻擊是常見的作戰，當然PvP時如果成功也能發揮絕大的功效。

「結果還是把周圍的森林夷為平地比較安全……是這樣嗎……」

詩乃一這麼呢喃，這次換成傳出「嗯～」的複數沉吟聲。盤腿坐在牆邊的亞魯戈前後搖晃著身體並且開口發言：

「並非因為我的能力是斥侯系構成才這麼說，但森林也可以用來發展混戰。平坦的空地雖然會減少遭受奇襲的危險，但反過來說，我們也無法包抄敵人的後方了。」

亞絲娜也贊成這個意見。

「是啊。前天襲擊我們的修魯茲部隊之所以率先焚燒周圍的森林，除了用來照明之外，我想也是為了防止受到從森林當中的突襲。基本上，空地上的戰鬥還是人數多的一方比較有利……」

「的確是這樣。」

詩乃也沒有繼續追究下去，只是點了點頭。

接下來發言的是平常這種時候大多只是旁聽的結衣。

「如此一來，就姆塔席娜小姐來說，在戰鬥開始之前會先想把森林夷為平地吧？現實世界的話就需要重型機械，Unital ring世界的話，雖然也得看技能熟練度與道具，不過要砍倒一棵旋松的成樹也只要幾十秒。一百人一起上的話，我想一個小時就能處理拉斯納利歐半徑五百公尺以內所有的樹木了。」

「…………原來如此……」

我的腦袋裡浮現在斯提斯遺跡目擊的那名魔女的身影，同時開口表示：

「姆塔席娜能使用的魔法，應該不只有『不祥者之絞輪』一個而已。如果能使用大部分的攻擊魔法，應該會想先排除障礙物吧……很可能會把附近全變成空地，然後在上面施展某種策略。」

「不愧是結衣，太可靠了！」

莉茲貝特把結衣抱過去，雙手不停來回撫摸她嬌小的頭部。微笑著看著那一幕的亞絲娜，突然露出嚴肅的表情說：

「……桐人，那個叫『不祥者之絞輪』的魔法可以重複施加……應該說可以追加效果對象嗎？」

「咦……妳的意思是說保留現在中了魔法的一百個人，再繼續對其他玩家施展『絞輪』魔法嗎？」

「嗯。」

當我帶著苦笑，準備跟亞絲娜說出「那種設計實在太作弊了……」的時候。

「應該可以吧？」

這樣的聲音讓所有人的臉龐一起移動。在十一個人注視下的亞魯戈，以極為深刻的表情再次開口表示：

「斯提斯遺跡裡，姆塔席娜舉出最初的目標是擊潰桐人小隊時，『啃雜草者』的迪柯斯就說了。他說為什麼要擊潰他們，也對他們施加絞首魔法，讓他們變成手下不就得了。」

聽她這麼一說，我就想起講台上確實進行過這樣的對話。但是在那樣的混亂當中還能記住發言的詳細內容，只能說真不愧是亞魯戈。

「而姆塔席娜則是這麼回答——讓『不祥者之絞輪』成功不是那麼簡單。除了動作指令很長之外，魔法陣也很顯眼。不是會被『施放華麗支援法術作為宴會餘興節目的謊言所騙』的對象和狀況，應該不可能成功吧……她沒說魔法的設定無法追加對象玩家。當然，也可能是為了提升威脅效果的大話就是了……」

即使亞魯戈的說明結束，還是有好一陣子沒有人開口說話。

當我承受著被刻畫紋樣的脖子傳來一陣搔癢感時，提出這個話題的亞絲娜就再次開口表示：

「……不論那是不是大話，也應該把它當成可能。如此一來，姆塔席娜小姐應該會試圖對我們也施加『絞輪』魔法吧。就算指令再怎麼長魔法陣再怎麼顯眼，只要被包圍就逃不掉了……」

我聽著亞絲娜的話，腦裡再次描繪出姆塔席娜的模樣。

身穿一塵不染的純白連帽斗篷，帶著外型簡單的長法杖，那種打扮就像是聖女一樣，聲音雖然甜膩清澈到完全感覺不到邪惡之心，但嘴裡說出的話卻極其冷酷與無情。她堅定地表示我、亞絲娜以及伙伴們成功存活下來的舊ＳＡＯ是「四千名玩家留下怨恨而死的真實地獄」。

深呼吸來轉換心情後，我開口回答亞絲娜提出的觀點。

「姆塔席娜這麼做的可能性確實很高……不對，感覺她一定會這麼做。把城鎮周圍變成空地來封鎖游擊戰，然後以大軍包圍讓我們無處可逃接著施展『絞輪』。這個方法成功的話，將會一口氣增加六十個手下。」

我說到這裡的瞬間，依然握著啤酒杯的克萊因就揚聲表示：「那個，我有個想法……」

「請說。」

「剛才桐字頭的老大說的六十個人，是包含了巴辛族與帕特魯族人吧？這麼說可能不太好……不過窒息魔法對沒有真正身體的ＮＰＣ也有用嗎？」

「咦…………」

意料之外的疑問，讓我眨了好幾次眼睛後才回答：

「嗯……說是窒息魔法，玩家的呼吸也不是真的停止了，效果只是虛擬角色被這樣的感覺襲擊……」

「啥？是這樣嗎？」

這次換成克萊因瞪大了眼睛。被他這麼一問，就連實際體驗過「絞輪」效果的我也無法斷定。忍不住回想起極為真實的窒息感，正當我反射性要開始咳嗽的時候。

「我判斷來自於AmuSphere的訊號不可能讓現實的身體停止呼吸。」

被莉茲貝特抱著的結衣以毅然的聲音堅定地表示。

她迅速站了起來，筆直地走向站在布告欄前面的我。翻動白色洋裝，以冷靜的口氣繼續說道：

「人類的呼吸中樞存在於腦幹最下部的脊隨。但是，遊戲程式能夠控制的AmuSphere訊號只能抵達腦部最外側的大腦皮質。大腦皮質有體感皮層，或許可以產生呼吸停止的錯覺，但AmuSphere的構造上不可能讓身體實際停止呼吸，如果呼吸停止的話安全裝置應該就會啟動，將玩家強制登出。」

結衣流暢地說完這段話後，所有人都發出「哦哦～」的感嘆聲。

前半段關於呼吸中樞與大腦皮質的說明，我也只有「是喔」的感想，但最後一段話就深深感到同意。AmuSphere不愧是奪走數千名玩家性命的NERveGear後繼機，搭載了極為嚴密的安全裝置，玩家的心跳數太快、陷入脫水狀態，甚至是忍著尿意就會被強制登出了。很難相信它會無視停止呼吸這種攸關性命的異變。

「絞輪」的窒息感果然跟我現在聽見的聲音、聞見的味道一樣只是虛擬的感覺吧。但就算是這樣……

當我想到這裡時，結衣就再次開始說明。

「另外，我推測窒息魔法對巴辛族與帕特魯族那樣的NPC也有效。Unital ring世界的NPC們跟我使用同樣規格的言語化引擎，但我不只從虛擬角色獲得視覺、聽覺，連氣味、味道與觸覺這樣的感覺情報都沒問題，程式除了會讓我因為宜人香氣與美味感到愉悅之外，也會因為疼痛或者炎熱等不舒服的感覺而跟各位產生同樣的反應。在SAO與ALO裡被賦予無法破壞屬性，所以根本感覺不到痛楚，現在已經是玩家了，被劍砍中也會疼痛，所以呼吸停止的話應該也會感到喘不過氣來才對。」

我下意識把左手朝著閉上嘴巴的結衣伸去。摸了摸她小小的頭後，她就露出感到很癢般的笑容往上看著我。

結衣雖然能像這樣因為觸摸而感到開心，也能享受亞絲娜美味的料理，但同樣也能正確地感受到痛苦。雖然對於茅場晶彥創造出來的精巧ＡＩ程式感到驚訝，但現在卻忍不住想著為什麼不做成只能感覺到舒服的規格呢。

可以的話不希望結衣參加防衛戰，但是她本人應該不會同意吧。

像是要打破沉重的沉默一般，克萊因用力拍了一下右膝蓋。

「就算窒息魔法對ＮＰＣ與小結衣有效，我們也有辦法應對吧！只是錯覺的話，只要無視就可以了。」

莉法也跟著贊同他氣勢十足的發言。

「對喔，一開始就知道只是假貨的話就不會慌張了。姆塔席娜對我們施展魔法，效果發動時可能反而是機會。周圍的敵人全都倒下了，只要忍耐窒息感衝向姆塔席娜，使出兩三招劍技就能把她打倒了吧？」

我的妹妹真的很可靠。不愧是異界戰爭時，使用提拉利亞神的帳號，從數千名美國人玩家手中保下黑暗界的半獸人隊與拳鬥士隊的傢伙。

——只不過。

很可惜的是，「不祥者之絞輪」所造成的窒息感，就算知道是虛擬的感覺恐怕還是無法承受。

在斯提斯遺跡的競技場實際嘗到「絞輪」的效果時，我正如剛才結衣所說的——率先想到不可能將施加在AmuSphere上的多重安全裝置無效化來停止玩家的呼吸。但是窒息的感覺真實到一瞬間就把這個道理吹走了。喉嚨深處塞滿黏稠的異物，吞也不是吐也不是的真實感覺產生強烈的恐慌，再慢個五秒鐘解除魔法的話，我應該會為了逃離死亡的恐懼而登出遊戲吧。

即使曾經有過一次經驗，然後也知道那是錯覺，還是沒有自信能無視那種窒息感來展開行動。應該在中了「絞輪」而且效果發動的話，所有人當場倒地的前提下訂立作戰計畫。

但是，現在在這裡這麼說的話，能夠得到大家的同意嗎？

刻意被施加「絞輪」魔法，趁姆塔席娜大意時強行突襲的作戰計畫相當有魅力。不但我方很可能不會出現任何犧牲，也符合只解決姆塔席娜一個人的基本方針。甚至足以讓人覺得只有這個辦法了。如果不是曾經實際體驗過窒息魔法的話。

在逐漸傾向克萊因提議的氣氛當中，我拚命思考著該怎麼說才能說服眾人——

左頰附近感覺到視線，我便往該處看去。結果眼神就和盤腿坐在後列的亞魯戈對個正著。

「老鼠」的泛黃眼珠，明顯傳遞出「別撐了快放棄吧」的聲音。

……好啦，我知道了啦。

我「呼」一聲歎了一口氣，接著輕舉起右手。

「那個，大家聽我說一下。關於克萊因訂下的作戰……很可惜的，我想不會順利。」

「為什麼呢，桐字頭的老大～」

瞥了一眼很不滿般拉長語尾的刀使後，我就打開環狀選單。

移動到裝備畫面，解除莉茲貝特幫我製作的「高級鐵製胸甲」。雖然下面只穿了一件亞絲娜製作的「天根布內衣」，但因為是高領顏色又近似黑色，所以就算拉下脖子附近的布料，「紋輪」的紋樣還是不好辨認吧。

豁出去的我把內衣也收回道具欄讓上半身全裸後，莉法就繃起臉來大叫：

「喂喂，哥哥！為什麼突然脫……掉……」

她的聲音急遽減速然後中斷。啞然瞪大的眼睛凝視著我的喉嚨。

除了亞魯戈之外的所有人都露出類似的表情，我望著他們同時開口表示：

「嗯，事情就是這樣。」

3

晚上十一點。

由於會議暫時中斷，取得十分鐘上廁所的休息時間，我就跟伙伴們同時登出了。

在自家房間的床上醒過來後，盯著陰暗的天花板好一陣子，等待著些許浮游感消失。

告白實際中了「不祥者之絞輪」後，原本對於隱瞞一事會受到眾人嚴厲責罵有所覺悟，但在亞魯戈說情之下，說教時間就暫時延期了。但是會議的話題果然如同我所擔心的那樣，朝著解除「絞輪」的方向發展，為了修正現場的氣氛，我便提議暫時休息。

不能把寶貴的時間浪費在想辦法消除我脖子的紋樣上。今天晚上的活動時間預定是到凌晨四點，即使完全活用剩下來的五個小時，能不能完成迎擊姆塔席娜軍的準備都不得而知。

「……真的不行的話，就得從學校潛行了……」

邊這麼呢喃邊起身，接著把AmuSphere從頭上拿下來，換成著裝上Augma的瞬間——

「哥哥！」

視界右前方的門就隨著這樣的叫聲被迅速打開。衝進來的是穿著T恤與短褲的直葉。她似乎一登出就衝出房間，右手上還握著AmuSphere。

「喂……喂，至少要敲……」

不給我說「敲個門」的時間，直葉就直接跳到床上來。她跨在我身上以膝蓋撐著身體，然後整個挺起胸膛——

「你就是這樣！」

「是……是怎樣？」

平常就威風凜凜的眉毛，倒豎的程度變得更加嚴重，面對這樣的妹妹，我畏畏縮縮地問。

「那還用說嗎！就是麻煩都自己藏在心裡的壞習慣啊！在Underworld裡，什麼限界……限界……」

「界限加速階段？」

「就是那個！明明被警告那個什麼界限開始之前不登出的話會很危險，我聽跟你在一起的亞絲娜小姐說你什麼都沒告訴她喔！」

「因……因為，我想說了的話亞絲娜也會留在Underworld……」

「就算這麼想還是得說！」

如此斷言之後，直葉就稍微抬起視線並繼續說道：

「結衣妳也這麼認為吧！」

下一個瞬間，從我頭上輕輕飛下來的小妖精就在空中跟直葉一樣雙手扠腰，以可愛的發怒表情——

「一點都沒錯！爸爸應該更信任媽媽、直葉還有我們！」

被心愛女兒這樣責罵的話，我也沒辦法抗辯了。

「抱……抱歉。因為覺得你們會擔心……」

雙手合十，邊表達歉意邊這麼說完後，結衣就移動到直葉的肩膀上並且輕輕坐下。

「擔心別人以及受到擔心都是很重要的溝通喔，爸爸。」

「是啊，哥哥。本來就不應該做讓人擔心的事，但是遇見麻煩時，不要自己一個人承擔，得跟大家商量啊。」

依然用膝蓋撐著身體的直葉如此告誡我，這時我才注意到短鮑伯頭底下著裝了Augma。應該是登出之前，已經跟結衣預告要強行突擊我的房間了吧。

「真的很抱歉，我打從心底反省了。今後一定會確實找你們商量。」

再次如此宣言後，我的妹妹就從較高的位置狠狠地往下看——

「對史提西亞神發誓？」

「對……對史提西亞神發誓。」

「那就好！」

臉上終於綻放笑容的直葉從我身體上退開，坐到床上空著的位置。由於她沒有要出去的樣子，我終於忍不住提出有失紳士的問題。

「妳不去上廁所嗎？」

「我上過了。哥哥你快去吧。」

「那……那麼……」

一下床的瞬間，直葉就立刻加了一句：

「順便幫我從冰箱拿氣泡水過來！我要萊姆口味的！」

「是是是。」

混雜著苦笑這麼回答完，我就來到走廊。原本準備先去上廁所，但我立刻就注意到結衣正在我的左側飛行。

「那個，結衣小姐……我現在要去上廁所……」

如此呢喃之後，小妖精一瞬間愣了一下，然後才慌張地連珠炮般說道：

「啊，抱歉爸爸！因為有點事情想跟爸爸說……」

「咦，什麼事？」

「請看這個。」

這麼說的結衣，在空中打開全息圖視窗。該處即時顯示著我的體溫、血壓、心跳的數值與圖表。是植入我胸口的奈米掃描器把情報傳送給Augma。

這是在海洋資源探查研究機構，也就是RATH從事STL測試潛行者的打工時，對方建議所植入——當然是在專門的醫院——的儀器。在打工基本上已經結束的現在，就算把它拿出來也沒關係了，但是因為三個理由而依然沒有去動它。第一個理由當然是取出時會痛。第二個理由是騎腳踏車來當成運動時，可以不必著裝心跳偵測器。然後第三個是亞絲娜不知道為什麼喜歡可以從螢幕觀測我生命徵象的狀況。

雖然體溫與心跳被人看見會感到莫名害羞，但我實在很難主動開口表示「該結束了」。因此掃描器就一直放在我體內，不過為什麼現在要叫出這些資料——

結衣以行雲流水般的速度來回答我的疑問。

「這是昨天晚上，爸爸從二十二點十八分三十五秒開始的生命徵象檔案。」

「二十二點……」

歪起脖子想著「我在做什麼」時才注意到。

那個時候，我正跟亞魯戈一起潛入在斯提斯遺跡中央競技場舉辦的前ALO玩家聯合懇親會。甩開準備好的美食發出的誘惑，正準備離開會場的時候，姆塔席娜就從講台上發動了極大魔法。沒錯……二十二點十八分正是「絞輪」停止我呼吸的時間。

在呆立的我眼前，結衣指著三個並排的直線圖最下方——心跳次數並且說道：

「很可惜的是，爸爸植入的掃描晶片沒有連呼吸數都傳送出來，所以無法檢驗『不祥者之絞輪』是不是真的停止了爸爸的呼吸。但是，這個時候心跳次數急遽上升了。」

「的確如此……但是，本來就會這樣吧？平常跟怪物戰鬥時心跳也會有一定程度的上升，就算是虛擬的感覺，沒辦法呼吸的話心跳就會加快……」

「問題不在這個地方。」

迅速搖搖頭後，結衣以極為嚴肅的表情往上看著我說：

「AmuSphere的安全裝置迴路，只要使用者心跳次數持續超過最大心跳數五秒鐘就會發動。最大心跳數是設定為２２０減掉年齡，所以爸爸的話應該是２０３。」

「下星期就會變成２０２了。」

聽見我這樣的打岔，結衣只是冷靜地說了句「是啊」，然後就接著說：

「請看這裡。二十二點十八分四十一秒時心跳數上升到２０５，持續四秒鐘後降到１９５。四十八秒後上升到２０４，這時候也是四秒鐘就下降，之後維持在１９０上下，從五十五秒開始就繼續下降回到平常值。」

「……嗯……」

心跳數圖表的推移正如結衣所說。雖然超過兩次設定的最大心跳數，但是都在五秒以內，所以沒有引發強制斷線。雖然對數值之高感到有些驚訝，但安全裝置的動作看起來很正常。

「這個哪裡有問題？」

「二十秒內心跳數超過基準兩次，但是都在四秒時下降到基準以內。這個四秒鐘的時間，我認為有點像是蓄意的結果。」

「蓄意的……噢，因為兩次都在五秒鐘強制斷線前下降了嗎……等等，但我看應該是偶然吧？記錄這個心跳數的不是AmuSphere，而是我胸口的掃描器，所以不可能遭到竄改，應該也沒辦法用AmuSphere來實際控制心跳數吧。」

「是這樣沒錯。只不過……」

結衣雖然先點點頭，但是表情沒有放鬆，直接繼續說道：

「就算爸爸的心跳數兩次都在四秒時下降是偶然，現場有一百名中了同一種魔法的玩家，應該有不少人會確實滿足安全裝置的發動條件，遭到機器強制斷線才對。爸爸，『不祥者之絞輪』發動期間，周圍有登出的玩家嗎？」

「…………這個嘛……」

我看著走廊深處的微暗，同時在腦袋裡喚醒當時的情景。

「絞輪」發動當中，我拚命想吐出堵住自己喉嚨的異物，根本沒有多餘的心思看向周圍，但還是不記得曾經聽到伴隨著登出發出的光線與聲音。窒息感消失之後，競技場內的玩家密度也跟魔法發動前差不多。

「……沒有啦，我也無法斷言……不過好像沒有遭到強制斷線的人……」

「這樣啊……」

結衣沒有繼續說些什麼，關上全息圖視窗後就輕輕往上升。

「爸爸，抱歉打擾你上廁所了。請快點去吧。」

被不用上廁所的結衣這麼說果然有點害羞，但休息時間只剩下四分鐘了。

「知……知道了。妳先回房間吧。」

「好的！」

看著發出閃閃發亮聲音飛著的結衣穿透房門消失的瞬間，我就急忙衝向廁所。

在洗手台洗了手跟臉，從廚房冰箱裡拿出直葉想要的瓶裝萊姆口味氣泡水與自己要喝的烏龍茶並且回到自己房間的期間，我也持續思考著結衣所說的話。

如果在場一百人全部的心跳都在達到安全裝置發動條件前下降的話——就會變成姆塔席娜的窒息魔法能掌握各玩家的AmuSphere所設定的最大心跳數，並且為了不超過那個數值五秒以上而限制心臟的跳動。

我不認為能辦得到這種事。最大心跳數是２２０減掉年齡這樣的數值，所以每個玩家都不一樣，就算能取得那個數值，控制人類心跳的也不是腦，而是心臟裡面名為竇房結的部位。

AmuSphere的微波絕對不可能傳遞到那邊。

我大概錯失了什麼資訊。如果姆塔席娜的魔法控制了什麼，那應該不是心臟的跳動……而是跟心臟連動的，比方說……

「哥哥，太慢了！」

這樣的聲音讓我注意到不知不覺間已經來到自己房間。依然坐在床上的直葉，雙手不停地對我揮動。

「剩下九十秒而已！」

「抱歉抱歉。但是，遲到個一兩分鐘大家也不會發火……」

「領隊還遲到的話要怎麼做表率呢！」

「那……那個還沒正式決定吧……」

嘴裡說著空虛的抗辯，左手同時把寶特瓶交給她。我們家常備的氣泡水，瓶蓋緊到需要一點力氣才能打開，但我的妹妹真不愧是現役劍道社社員，輕鬆就發揮強大的握力扭開瓶蓋，迅速大口地喝下飲料。像小孩子般繃起臉來撐過氣泡水的刺激後，就發出可愛的聲音排出二氧化碳。最後把瓶蓋蓋上的寶特瓶放到床頭櫃上。

「還有一分鐘喔，快點快點！」

由於這麼說道的直葉直接就躺到我的床上，我急忙把烏龍茶的瓶口從嘴上移開。

「喂，妳又想從這裡潛行了嗎？」

「都怪哥哥回來得太慢了。而且，萬一姆塔席娜的魔法真的讓哥哥停止呼吸，我就必須幫你急救啊。」

雖然不知道她有多認真，但聽她這麼說後也沒辦法拒絕了。在附近飄浮著的結衣也一臉嚴肅地對直葉搭話：

「那個時候爸爸就拜託妳了，莉法小姐！」

「交給我吧！」

看見用力互相點頭的兩個人，我心裡只是想著「這兩個人也認識很久了呢……」

再次潛行回到圓木屋時，距離休息時間結束還有三十秒，但是所有伙伴都已經到齊了。即使已經過了深夜十一點，大家都充滿接下來重頭戲才要開始的熱氣。

也難怪他們會熱血沸騰。我跟亞魯戈潛入前ＡＬＯ玩家們的聯合懇親會後，在姆塔席娜出現前現場是一片和樂融融的氣氛，約一百人的「攻略組」裡面，找不到明確對我們有敵意的人。也就是說，明天在跟姆塔席娜直接對決中獲勝的話，應該就不會有想要攻擊拉斯納利歐的傢伙出現了，如此一來沒有後顧之憂的我們就能開始攻略Unital ring。

回想起來，第一天晚上想殺了我的摩庫立可能是受到身分不明，名為「老師」的玩家教唆，第二天晚上前來襲擊圓木屋的修魯茲，其小隊「Folks」可能也是一樣。

被我的三連擊劍技轟中的修魯茲，從這個世界永遠退場之前，曾經說過奇妙的話。

——桐人……你真的……

說到這裡的瞬間他的虛擬角色就消失了，所以沒能聽見重要的地方，但是一般想起來應該是想說「真的是○○嗎」吧。如果那是被某個人所灌輸的假情報。然後那某個人跟指導摩庫立他們對人戰的「老師」又是同一人物的話……可以知道有煽動前ALO玩家們，想把我跟伙伴們從這個Unital ring趕出去的傢伙存在。

那個傢伙是自稱「假想研究社」會長的姆塔席娜嗎？還是那個魔女也是受到「老師」的操縱呢……？

依然呆站在登入地點思考著各種事情的我，背部被某個人用力拍了一下。

「嘿，桐字頭的老大，所有人都到嘍！怎麼樣，可以繼續剛才的話題嗎？」

「咦？嗯……好……」

克萊因即使在這個世界還是確實綁著成為他個人招牌的頭巾，這時我先往上看著他的臉，然後才急忙搖著頭說：

「不……不對，不行啦。」

我重新轉向聚集在客廳中央的伙伴們，以較大的聲音繼續說道：

「大家聽我說。關於接下來的議題……老實說，尋找自行解除我中的『不祥者之絞輪』的方法只是在浪費時間。」

下一個瞬間，傳出複數不滿的聲音。雖然很感謝他們擔心我的身體，但是現在還有更重要的事情得做。

「我不認為沒有方法。ALO也有解咒系魔法、藥水或者魔道具等等，這個世界有同樣的東西也一點都不奇怪。但現在我們對於魔法技能的知識是決定性地不足，就算找到方法，能讓使百人窒息的極大魔法失效的魔法，當然也會是同樣高等的存在才對。一天……不對，半天絕對不可能把熟練度提升到那種等級。」

這次沒有反對的反應了。

但所有人臉上都露出宛如自己中了「絞輪」一般的緊繃表情。不對，實際上他們確實把它當成自己的事情吧。正因為這些伙伴就是這麼棒，我才不願意在完全攻略遊戲之前有任何人犧牲。為了達到這個目標，在姆塔席娜軍襲來之前，要盡最大的努力——當然是在不妨礙學業的範圍內——來完成準備。

對眾人緩緩點頭之後，我就宣布最重要的內容。

「……要無視『絞輪』的效果來行動，就跟解咒同樣困難。雖然用言語很難形容……不過一旦發動，喉嚨深處就像是塞了黏稠的塊狀物一樣，會有極為真實的窒息感襲來。根本沒辦法吸氣或者呼氣，當然也無法說話。魔法發動之前全力吸進空氣並且停止呼吸的話，或許可以行動數十秒鐘……但發動所需的動作只是把法杖往地上一插，必須經常注意姆塔席娜的動作，戰鬥中根本不可能這麼做。我只能說很遺憾，克萊因跟莉法提議的，刻意被施加『絞輪』，趁姆塔席娜放鬆戒備時突襲的作戰，我認為很難成功。」

一口氣說到這裡後，我就把殘留在虛擬角色肺部的空氣又細又長地吐出。

其實仔細一想，所有虛擬世界裡原本就不存在空氣。飄盪在圓木屋裡的木頭香氣、從打開的窗戶吹進來的冰冷夜風，全都是AmuSphere直接讓腦部產生的感覺，媒介氣味與溫度的氣體分子根本一粒都不存在。呼吸時空氣經過口部、喉嚨以及肺部的感覺也是一樣。也就是說這個世界是比現實世界的宇宙更加稀薄的絕對真空狀態。即使腦袋很清楚這件事——但那種過於真實的窒息感，恐怕任誰都無法抵抗。「無法呼吸」的體驗，可能是刻劃在人類靈魂根源的恐懼之一吧……

「但是桐人，那要如何跟一百人的軍隊戰鬥呢？」

沉靜的聲音讓我迅速抬起不知不覺間低下的頭。

發言者是站在正面的愛麗絲。騎士的藍色眼睛眨也不眨地直望著我的眼。

既然屏棄了克萊因與莉法的「故意被不祥者之絞輪擊中作戰」，那麼提出替代案的責任就在我身上。必須是在不犧牲任何同伴、巴辛族、帕特魯族以及四隻寵物，同時還得把敵人玩家死者降到最低限度的情況下贏得勝利的作戰。

「……想避免與百人的巨大聯合部隊正面戰鬥。」

我一這麼回答，克萊因立刻揚聲說了句「但是……」。

「小結衣不是預測姆塔席娜軍會把拉斯納利歐周圍所有樹木都砍倒嗎？在極為寬廣的空地跟巨大聯合部隊戰鬥，如論如何都會變成正面衝突喲。」

「是沒錯啦。所以……」

我花了十五分鐘向伙伴們說明得知姆塔席娜將率領百人軍隊進攻這個城鎮時，就不斷在腦袋裡演練許多次的點子。

雖然出現許多提問，但最後所有人都接受我的點子，在十一點三十分時開始進行作戰準備。在那之前所有人合作準備飲料跟點心來養精蓄銳一番。

雖然昆蟲國度組大量提供了數小時前在宴會裡享用的啤酒，但是在克萊因的無限暢飲之下已經一滴不剩，他們究竟從何處入手也還是個謎。由於我也很喜歡——現在雖然未成年但是在虛擬世界喝酒並非違法——所以在擊退姆塔席娜軍時，就想跟他們請教入手方法並且前去補貨……我心裡這麼想著並且喝下不可思議味道的茶。

之後我就跟亞魯戈分開行動。因為SP、TP已經全滿，所以為了比其他人早一步出發而準備前往玄關時，莉茲貝特突然高聲拍了一下手。

「好了，注意注意～！」

想著「什麼事？」的我把視線移動過去後，站在告示板前面的莉茲貝特右側是西莉卡與莉法，左側則是詩乃與愛麗絲、亞魯戈，結衣開始推著亞絲娜的背部讓她移動到中央。看來亞絲娜也跟我一樣，不清楚究竟發生什麼事。

接著莉茲貝特她們就一起打開環狀選單並移動到道具欄畫面。然後再次停下手來，喊著「預備～！」來調整步調——

「亞絲娜，生日快樂！」

同聲大叫的眾人，同時把某種東西實體化。無數的彩色小碎片全都是花朵。七個人用雙手掬起視窗上層層堆積起來的大量花朵往亞絲娜撒去。五顏六色的花瓣像雪一樣在天空飛舞，客廳因此飄盪著甘甜香味。

克萊因、艾基爾與海咪似乎也不知道這個驚喜，不過立刻就跟著用力拍起手來。亞絲娜原本眨著眼睛往上看著降下的花瓣，最後浮現閃閃發亮般的笑容，然後說道：

「莉茲、西莉卡、莉法、詩詩、結衣、亞魯戈小姐，還有愛麗絲……真的很謝謝妳們。」

我也不輸給其他人用力地拍著手，同時打從心底想著：「姆塔席娜軍的襲擊不是今晚真是太好了……」

4

離開拉斯納利歐的我與亞魯戈，慎重地在深邃的森林裡前進。

雖然確認過這附近不會出現強力的怪物，但前進的方向還是會不時出現狐狸或者蝙蝠等夜行性動物型怪物。由於目的不是提升等級，所以盡可能地迴避牠們，無法迴避時也只能戰鬥……原本是這麼想，但每次小黑只是發出低吼牠們就逃走了。看來小黑擁有威嚇系技能。

當初的預定是把今晚能用的時間一半拿來提升等級與熟練度，但應該說因禍得福吧，已經沒有這個必要了。因為靠著擊敗超巨大練功區魔王The Life Harvester，所有同伴都一口氣提升了兩個等級以上。

目前我們的等級、職種以及能力樹系統是這個樣子。

桐人：等級20　單手劍使／腐魔法使／鐵匠／木匠／石工／木工／馴獸師　「剛力」。

詩乃：等級18　槍使／盜賊／石工／木工／藥師　「俊敏」。

愛麗絲：等級18　單手半劍使／陶工／織工／裁縫師　「剛力」。

莉法：等級16　單手半劍使／木工／陶工　「剛力」。

莉茲貝特：等級15　鎚矛使／鐵匠／木匠／織工／陶工　「頑強」。

西莉卡：等級15　短劍使／馴獸師／織工／斥侯　「俊敏」。

結衣：等級14　小劍使／火魔法使／廚師／織工　「才智」。

亞絲娜：等級14　細劍使／藥師／廚師／木工／陶工／織工／裁縫師／馴獸師　「才智」。

亞魯戈：等級14　短劍使／斥侯／盜賊／藥師　「俊敏」。

克萊因：等級13　彎刀使／木工／石工　「剛力」。

艾基爾：等級13　斧使／木工／石工　「頑強」。

海咪：等級16　鐮刀使／石工／木工／藥師　「俊敏」

米夏：尖刺洞熊　等級8。

小黑：背琉璃暗豹　等級7。

阿蜥：長喙大鬣蜥　等級6。

畢娜：羽翼龍　等級5。

眾人之所以擁有那麼多職種，是因為只要取得對應技能就會反映在能力值畫面上。石工技能什麼的，只要撿起附近的兩顆石頭互敲就可以取得，所以我也覺得這樣就能稱為石工實在有點名不符實。熟練度繼續提升下去後總有一天會需要整理技能……亞魯戈如此推測。

有趣的是蘭花螳螂海咪被賦予「鐮刀使」的職種。據她表示，前昆蟲國度組的玩家們生來的武器被認定為主武裝。鍬形蟲的話，巨大下顎能發動「大剪刀」，獨角仙的角是「棍棒」，而螳螂的話則是能發動「鐮刀」的劍技。

當然，由於在被轉移前的昆蟲國度不存在劍技這種東西，所以海咪他們能夠一次就成功發動劍技的機率似乎仍不到五成。我想持續練習就能夠提升機率，不過從這方面來看，原本就熟悉劍技的ALO玩家就相當占優勢了。

不對，劍技在ALO裡實裝是伴隨著舊營運企業RCT PROGRESS消滅所出現的不正常事象。原本在這個世界裡獲得優勢的不是ALO玩家——

我輕輕搖頭來中斷思考。現在必須集中於眼前的工作才行。

在黑暗的森林中，我一邊注意著周圍的氣息一邊慎重地前進。姆塔席娜軍的攻擊應該是明天晚上，但不見得不會先派出偵察隊。

「喂，桐仔。那邊怎麼樣？」

突然間從右前方傳來這樣的呢喃聲，我便停下腳步。在我左邊無聲前進著的小黑也停了下來，然後動著鼻子嗅著空氣的味道。

「那邊是哪邊？」

靠近一步如此詢問後，黑暗中顯得微白的手就指著樹林的前方。雖然暴風雨在幾個小時前已經止歇，但夜空還有七成被雲層覆蓋，沒有夜視技能的話最多只能看到前方三公尺吧。

持續凝眼後，透過樹木的縫隙，可以看見滔滔不絕的馬魯巴河與廣大的河灘。之所以不從容易行走的河灘而是選擇從森林中前進，就是為了避免遭遇敵人的偵察隊。有其他玩家靠近的話，在我跟亞魯戈以眼睛看見之前，小黑應該就會靠氣味察覺到，但還是得小心謹慎才行。萬一被敵人發現，就得重新擬定作戰了。

我和亞魯戈、小黑潛入的是從拉斯納利歐往南三公里左右的地點。再前進兩公里的話就會抵達賽魯耶提利歐大森林的南端，但離開這裡就沒有意義了。必須在森林當中找到適合地點。

「嗯……太遠了，看不太清楚……」

仔細端詳著的我這麼呢喃，亞魯戈就發出「嘻嘻」的低笑聲。

「你要再提升一些夜視的熟練度啦。目前試著從漆黑的地方閱讀文字是最輕鬆的提升方法喲。」

「感覺那樣反而會降低視力吧。」

當我這麼回答的瞬間，眼前就出現一條橫長的視窗。

【夜視的熟練度上升到6。】

下一個瞬間，視界就變得稍微亮了一些，樹木後面的地形也跟著浮現。

馬魯巴河是包含河灘在內寬達一百公尺左右的大河。我所居住的川越市，成為其名稱由來之一的入間川，距離自家最近處的河岸寬大概是兩百公尺，但是感覺上規模差不多大。

不過亞魯戈所指的是支撐森林的台地整個往左右擴張，河灘寬度變窄到一半以下的地點。現在回想起來，昨天晚上跟愛麗絲一起前往斯提斯遺跡時，記得曾在這個地方浮現「河灘很窄要小心別掉進河裡」的想法。

「……看起來很不錯。」

我一這麼呢喃，亞魯戈就驕傲地回答「對吧」。我心裡雖然想「又不是妳創造出來的地形」，但是她確實比我還快找到合適的地形，所以回了一句「GJ」後就慎重地前進。

快離開森林之前，再次確認是否有其他玩家存在。不論是亞魯戈和我的眼睛，還是小黑的耳朵與鼻子都沒發現，判斷應該安全的我就打開環狀選單。

舊SAO時也是一樣，這個系統視窗在黑暗當中會格外顯眼。雖然不會有怪物因為視窗的光線而靠過來，但是會成為玩家明顯的目標。除了可以當成給伙伴的信號之外，也會招來被犯罪者（橘色）得知所在地的危險，在迷宮打開視窗的時候，要盡量在光線不會傳到遠方的地點，這已經是獨行玩家的常識。

現在應該沒有會注意到這道光線的玩家在附近，即使如此我還是把選單藏在樹幹後面，然後急忙打開地圖。長按住現在位置，設定好紅色叉叉符號的記號。

接著立刻消除選單並且鬆了一口氣。從掛在腰帶上的布包拿出野牛肉乾，一邊餵給小黑吃一邊呢喃：

「問題是時間……太早開始的話在進行作戰之前可能就會壞掉，太慢又會來不及……」

「我想想喲……」

在旁邊點頭的亞魯戈發出「嗯嗯～」的沉吟聲後才繼續說：

「大概是姆塔席娜軍從斯提斯遺跡出發時，我們也開始製作機關吧。一百個人要移動三十公里，就算用跑的也要三個小時吧。不對，Unital ring的話要是真跑，ＴＰ、ＳＰ就會快速減少。考慮到消耗率，應該是小跑步然後花四個小時吧……」

「我們製作機關要一個小時的話，差了三個小時嗎？這樣的話應該能撐得到才對……但還是得實際做做看才行。」

「考慮到需要的素材道具數量，事前也沒辦法測試啦。」

「嗯……」

目前伙伴們正在拉斯納利歐周邊拚命把素材，或許應該說資材塞到道具欄裡面。由於我的作戰所需的資材數量極為龐大，也沒辦法先製作一次來測試耐久力。雖然確信機關能發揮作用，但是能撐幾個小時就是另外一回事了。

如果這裡是Underworld，就能用心念力量製作出別說是三個小時了，就算十年都不會損毀的機關……當我想到這裡的瞬間，腦裡就閃過某個模糊的人影。從車窗照射進來的夕陽、圓筒形的制服帽子以及其下方露出的亞麻色捲髮……

我拚命把快溢出的記憶奔流推了回去。現在必須集中在這個世界上。如果在Unital ring裡面思考太多Underworld的事情，在緊急時刻可能會試著用心念來彈開劍。

「……倒是亞魯戈，現在想起來，姆塔席娜軍哪時候從斯提斯遺跡出發也還不清楚吧。」

我指出的問題點讓情報販子用鼻子輕哼了一聲。

「別太小看了姊姊喲，Boy。被強制編入姆塔席娜軍的『啃雜草者』、『絕對存活隊』、『廣播小姐粉絲俱樂部』的三支小隊，其所屬玩家當中約二十人的SNS帳號已經被我鎖定了。姆塔席娜軍開始移動的話，這些帳號全都會陷入沉默，所以馬上就能知道了。」

「…………真……真是名不虛傳……」

這時也只能佩服她了。SAO時代就曾經被這種恐怖的情報能力幫助過，也曾經被算計過，不過成為伙伴之後就一直相當可靠。

「……對了，亞魯戈小姐，妳的英語好流利，那是在哪裡學的呢……？」

順便開口這麼問了一下，結果「老鼠」就摩擦著兜帽底下的鼻尖。

「嗯～這個情報要價200耶魯喲。」

「200…………喂，太貴了吧！烤肉串一串是3迪姆喔！100迪姆等於1耶魯，可以買六千六百六十六串烤肉串耶！」

忍不住這麼大叫的我急忙按住嘴巴。因為這種事情而被斥侯發現就太過愚蠢了。

幸好只聽見頭上樹梢的謎樣鳥類發出一聲「呵嚕呼～」的叫聲，於是我就降低音量加了一句：

「哪一天能夠取得大量100耶魯銀幣的話，我絕對會買下剛才的情報。」

「嗯呵呵，我很期待喲。不過應該還要很久吧。這個世界的怪物基本上不會掉錢呀。」

「……的確是。」

正如亞魯戈所說，我們至今為止戰鬥過的熊、野牛、青蛙以及蝙蝠，雖然掉落了素材道具但是完全沒有現金。即使在斯提斯遺跡內的NPC商店賣掉儲藏在道具欄裡不需要的素材，但是估出的價格是3耶魯78迪姆這樣的數字。以一天1耶魯來計算，必須得花兩百天才能存200耶魯。

「Life Harvester也沒有掉錢……」

我一這麼抱怨，亞魯戈就反駁我說：

「但是掉了一大堆素材吧。把那些拿到店裡賣掉的話，應該可以大賺一筆吧？」

「或許吧……」

事實上，Life Harvester除了掉下好一陣子都吃不完的生肉之外，還掉落了大量的素材道具。不只有甲殼與骨骼，還有牙齒、肌腱、分泌液、結石、眼球等各種不同的道具，我們目前先將其收納在圓木屋的倉庫欄裡，使用的方式仍未定案。正如亞魯戈所說的，把它們搬運到斯提斯遺跡去賣掉也是一個方法，但是身為遊戲玩家，對於把魔王怪物的素材拿去店裡賣掉有很大的抵抗感。

「……其他遊戲的話，絕對可以成為稀有武器的材料……但這樣的常識在這個遊戲管不管用就……」

「因為都是些骨頭、眼珠之類的。也不知道能用什麼技能來加工，與其堆在倉庫欄裡生灰塵，把它們賣掉還比較能有效利用吧？」

「我猜大概有哪個地方存在能以生物素材製作裝備的NPC吧。」

自己這麼說完之後才突然注意到。

「等等……那乾脆就問NPC不就得了。巴辛族他們不是裝備了毛皮的防具跟骨頭的武器嗎？他們的話應該知道加工方法才對。」

「……的確是。糟糕，宴會的時候應該先收集情報……我怎麼會犯這種錯哩……」

「呃，我跟妳都不會說巴辛語啊。」

「我已經把巴辛語技能的熟練度提升到5，帕特魯語也提升到3嘍。」

「…………小的甘拜下風。」

做出小小的投降姿勢後，我就緩緩站了起來。

「那麼，我們也回去收集素材吧。因為也無法估計最後到底需要多少數量……」

「也是。」

互相點點頭後，我跟「老鼠」還有黑豹就快步走回剛才的森林當中。

5

十月一日，星期四。

從符合秋高氣爽這種形容的清澈藍天照射下來的日光，讓教室的左半邊顯得特別白。打開的窗戶吹進帶著街上聲音的微風，跟學生們動著筆尖的聲音混雜在一起。

很久以前，尚未得知自己身世時，我都很期待每年十月的來到。一年兩次的禮物是採事先申報制，所以八月左右就開始拚命思考十月七日的生日要父母買什麼禮物給我，有時候第一願望就能通過，有時候連第三願望都被打回票，但我一直都是折著手指數數來等著那天到來。

但是知道自己不是誕生在桐谷家的孩子那一年，我就不再申報要什麼禮物了。即使媽媽問我想要什麼，也只是冷冷地回答「都可以」，然後把花了很多時間幫我選擇的運動鞋、背包塞到房間的衣櫥裡，頑固地不去使用它們。這樣的態度一直持續到國中二年級，十四歲生日的一個月後，我就被囚禁在ＳＡＯ裡了。

兩年後的十一月從死亡遊戲當中被解放出來，然後去年生日前，媽媽跟直葉問我「生日想要什麼禮物？」。那個瞬間產生的悔悟念頭，即使現在回想起來，胸口還是會感到一陣疼痛。

反射地想要對過去愚蠢的行為道歉，但又重新覺得因為一時衝動而道歉也不太對，我認真思考了一陣子後才回答「都可以」。雖然答案相同，但是其中的意義卻完全不一樣，我想她們兩個人應該也了解才對。不論是什麼禮物，我都會一輩子好好地珍惜。當然不是收起來，而是好好地使用……跟四月時為了慶祝進入歸還者學校就讀而送給我當禮物的摩托車一樣。

「那麼，接下來……桐谷，你來唸吧。」

突然被叫到名字，我回答了一聲「好……好的」就站了起來。

負責必修科目綜合歷史的女老師依田，之前在上課中曾經提過她是在甘迺迪總統暗殺事件那年出生，但是纖細高挑的身形看起來實在不像是六十三歲。或許因為聲音是沙啞的低音，講話口氣也很男性化的緣故，她很受女學生歡迎，不過她似乎是能察覺學生雜念的能力者，上課中沒有專心的話就有很高的機率被點中。

可惜坐旁邊的不是會小聲告訴我該唸哪裡的女學生，而是只會準備看好戲的男學生，不過我也看過好幾次同學在這個科目遭到血祭，所以腦袋有一半集中在課程上。乾咳一聲後，我就開始讀起顯示在平板電腦上的教科書。

「……美國在一九三三年就任的富蘭克林．羅斯福總統開始推行羅斯福新政，藉由政府來強制對市場經濟的管制……」

＊＊＊

上午的課結束之後，明日奈急著收拾平板電腦，一隻手提著大型保冷袋走出教室。

袋子裡裝著在自家製作的五人份三明治。由於沒有時間，所以是火腿起司三明治、花椰菜雞蛋三明治、橄欖鮪魚三明治這種不是很講究的菜色，不過同伴們還是會很開心地享用吧。

之所以表示要負責帶來所有人的午餐，除了要對昨天晚上的生日驚喜表示感謝之外，也是為了有效利用貴重的午休時間。要到混雜的餐廳買午餐的話，最少也得花上十分鐘的時間。自行攜帶午餐的話，五十分鐘的午休時間就有四十分鐘能拿來開會。

單趟移動需要五分鐘，是因為開會地點不是餐廳也不是「祕密庭園」而是第二校舍三樓的電腦教室。雖說是不太適合拿來吃午餐的地點，但是今天一定得徹底保守祕密才行。這間學校的學生也可能有被姆塔席娜強迫加入軍隊的ＡＬＯ玩家，所以迎擊作戰的情報要是洩漏出去將會造成嚴重的後果。

要前往第二校舍，亞絲娜就必須先從第一校舍三樓下到二樓，然後通過聯絡走廊。明日奈快步走著，同時尋找應該會經過同樣路線的莉茲貝特／篠崎里香、亞魯戈／帆坂朋的身影，但是當明日奈在把平板電腦收進包包，然後從櫃子拿出保冷袋時她們似乎就先前往目的地了。

這兩人真是急性子……明日奈苦笑著並且準備走下樓梯的瞬間。

「結城同學。」

有人從後面呼喚，明日奈便停下腳步。

帶著些許緊張感回過頭去，看見站在那裡的是身穿非歸還者學校制服的女學生。

深藍色衣領的灰色西裝外套。皺褶像刀片一樣豎起的百褶裙。光豔的黑髮、沉著冷靜的臉龐……那是四天前轉入歸還者學校的轉學生。名字叫神邑樒。

「午安，神邑同學。」

明日奈帶著笑容輕輕點頭打了招呼後，樒也微笑著輕輕回禮，接著開口說：

「結城小姐，現在要吃午餐嗎？不介意的話，可以跟妳一起用餐嗎？」

「啊，那個……」

明日奈迅速思考該如何回應。

不可能缺席午休時間的會議。這是實際見面討論迎擊作戰的貴重機會，而且明日奈不把三明治拿過去的話，和人他們就沒有午餐吃了。

另一方面，也沒辦法約樒到電腦教室。雖然她應該不會是Unital ring——不對，應該說不會是ＶＲＭＭＯ玩家，但丟下樒自己談論作戰實在太沒禮貌了。看來今天還是只能拒絕她了。

為了說出「抱歉，今天跟人有約了……」而吸入的空氣卻在喉嚨深處卡住了。

眼睛停留在樒制服衣領上把英文字母Ａ與薔薇花圖案化的標誌。過去明日奈曾經就讀過的，私立聖永恆女學院的校徽。

榕之所以從恆女轉學到歸還者學校，似乎是為了獲得到美國大學留學時所需的英文散文的題材。散文要求擁有個人特色的內容，所以能夠理解她為何選擇到成立緣由即使在全世界也相當獨特的歸還者學校體驗學生生活，榕的散文大概會是如何跟心靈因為ＳＡＯ事件而受傷的年輕人們接觸，以及如何支援他們的內容吧。說不定今天發生的事情也會被寫在裡面。像是「原本以為是朋友了，約對方吃午餐卻遭到拒絕。ＳＡＯ生還者內心築起的牆竟然如此高」之類的……

自己正在想蠢事。即使知道是這樣，還是無法阻止溢出的思緒。

雖然Unital ring事件是驚天動地的異常事態，但它依然只是遊戲。明日奈現在正以遊戲為理由，準備拒絕朋友應該還很少的轉學生提出的邀約。在被囚禁到ＳＡＯ之前，就讀聖永恆女學院國中部時的自己會做出同樣的選擇嗎？遊戲當中不論發生多麼大的事件，還是應該以現實世界新認識的朋友提出的邀約為優先吧……

明日奈說不出話來的時間實際上應該只有半秒鐘左右。

即使如此，榕還是像看透明日奈腦中一切般輕輕聳肩並且說：

「抱歉，結城同學。突然邀約妳也很困擾吧。」

「啊……不會……」

「別在意，不介意的話明天中午一起吃午餐如何？」

「……嗯，我很樂意。」

明日奈如此回答完，樒就露出燦爛的微笑，再次行了個禮後就踩著輕快腳步走下樓梯。

等待她的身影轉過樓梯平台再也看不見之後，亞絲娜也開始走下階梯。伙伴們應該全都抵達電腦教室了才對，但是明日奈卻感覺腳步莫名沉重。

只要和神邑樒談話，不知道為什麼心情就會像這樣變得一團亂。樒總是那麼沉穩且有禮，明明感覺不到一絲惡意的啊。原因果然是出在自己身上嗎？是因為從聖永恆女學院高中部以留學國外為目標的樒身上看見「可能也是這樣的自己」的身影了嗎？

對於國中三年級的秋天，因為一時興起而戴上哥哥的NERveGear一事並不感到後悔。在艾恩葛朗特嘗過無數次死亡的恐懼，也發生許多痛苦與悲傷的事情，但同樣有許多快樂、開心的事情。沒有被囚禁在ＳＡＯ的話，就不會遇見莉茲貝特、亞魯戈、結衣還有桐人了。

完全沒有打算否定現在這個自己的心情。不論有什麼樣的未來在等待自己，只要有跟同伴們、結衣還有桐人的羈絆，相信自己一定可以毫不猶豫地前進。

明明是這樣才對……為什麼？

不對，現在不是想這種事情的時候。或許在樒眼裡看起來只是普通的遊戲，但是對明日奈來說，The seed連結體已經是另一個現實了。為了成功守下擁有許多回憶的圓木屋並且平安回到阿爾普海姆，今天晚上的戰鬥絕對得勝利才行。

一抵達二樓，明日奈就反抗前往餐廳的學生形成的人潮，快步朝著聯絡走廊前進。

＊＊＊

──太晚回來了吧，哥哥！

我預期直葉會發出這樣的聲音，同時打開自家的玻璃門。

但是玄關看不見妹妹的身影。由於三合土上看不到鞋子，看來今天是我比較早到家。

不過這才是一般的情形。雖然通勤時間只有我的一半，但身為劍道社正規選手的直葉，放學後當然還有練習。最近似乎都請假休息或者提早結束練習，趕在五點前就回到家裡，但是擔任副社長的她不可能不斷使用這種偷懶的小手段吧。

幸好她在社內的人緣似乎還不錯，不過現在想起來，我從未見過身為劍道社社員的直葉。下個月的新人戰一定要去幫她加油，我再次在心裡下定這樣的決心並且先去上過廁所，在洗手台洗了臉跟手後來到廚房。我在回家途中的蛋糕店買了三個水果布丁，把其中兩個放進冰箱，一個在飯廳的桌上把它吃完。平常自己幾乎不會買甜點來吃，但今天為了數小時後的決戰，還是得養精蓄銳一番才行。

由於亞魯戈正監視著隸屬姆塔席娜軍的玩家所擁有的ＳＮＳ帳號，既然她沒有傳來警告，就表示對方仍未從斯提斯遺跡出發。裡面應該也有學生和上班族才對，出發應該要到八點左右，移動大概要花三個小時的話，開戰應該是十一點左右吧。在那種時間進攻，如果我們不在的話怎麼辦……雖然這麼想，但是對於姆塔席娜來說，如果能破壞無人的拉斯納利歐，那是再好也不過了吧。

沒錯，說起來那個魔女為什麼想要擊潰我們呢？單純是因為在前ＡＬＯ組裡面，我們最接近「極光指示之地」的緣故嗎……還是有什麼其他的理由呢？雖然也想直接詢問，但我方勝利的條件是殺掉姆塔席娜，所以這個機會就只有輸掉今晚的戰役，而且我還殘活下來時才能獲得。身為攻擊手的我，在失敗時就會率先死亡，所以看來是沒有機會跟她說話了。

耳朵深處又再次浮現在斯提斯遺跡聽姆塔席娜說過的話。

——ＳＡＯ誕生的黑暗已經散播到廣大的The seed連結體並且增殖了。然後現在無數的世界再次合而為一。黑暗再次凝縮到這個Unital ring世界，當壓力超過界限時，某種新的……恐怕是更深沉、更黑暗的東西就會誕生。我只是想看到那個而已。

雖然是難以接受的發言，但我必須承認舊ＳＡＯ確實有光明與黑暗兩面存在。如果連結我、亞絲娜、莉茲貝特、西莉卡、克萊因、艾基爾、亞魯戈以及其他許多玩家的羈絆是光明面，那麼ＰＫ公會「微笑棺木」所象徵的惡意就是黑暗面。

然後因為微笑棺木變成某種傳說，其追隨者，不對，應該說信奉者出現在許多ＶＲＭＭＯ裡也是不容否認的事實。雖然跟The seed程式套件原則上允許ＰＫ行為這個理由有關，不過如果讓完全潛行環境內應該相當有抗拒感的殺人行為擴大，是「死亡遊戲ＳＡＯ裡有一群殺害大量玩家的傢伙存在」這個事實所帶來的引誘力……那麼那確實可以說是「ＳＡＯ所誕生的黑暗」吧。

至於姆塔席娜所說的預言，也就是「這種『黑暗』被濃縮在Unital ring世界」，意思應該是說被配置在巨大大陸外圍部的多數The seed世界玩家們，之間的鬥爭將會隨著靠近世界中心而變得更加激烈吧。

一開始是出身於同一個世界的玩家之間戰鬥，然後跟鄰接世界的玩家集團鬥爭，獲勝者在「極光指示之地」前方互相殘殺到剩下最後一個集團……或者是最後一個人。

簡直是古代中國傳說中的蠱毒。強制轉移的數十萬名玩家屍骸上站著唯一一名勝利者。姆塔席娜就是以此為目標嗎？把「更深沉、更黑暗的東西」吸納到自己身體內，試圖變成「新的某種東西」嗎……？

「……只不過是遊戲罷了。」

如此呢喃完，我就把最後一口布丁送進嘴裡。把精神集中在一個三百五十日圓的布丁那濃厚的風味上，然後把思緒歸零。Unital ring事件是某個人設下的計謀，獲勝者並不會有什麼超常能力覺醒。廣播所說的「最先抵達者能獲得一切」，意思應該是遊戲內的道具或者能力，就算並非如此最多也只是現實世界的金錢吧。

我以「極光指示之地」為目標的理由和姆塔席娜不同。因為想知道是哪個人做出這樣的事情，也想把自己還有伙伴們的虛擬角色以及圓木屋平安地送回ＡＬＯ。即使在這樣的過程中無法避免與其他玩家戰鬥，也不打算追隨姆塔席娜的預言。這三天裡已經讓摩庫立一夥和修魯茲一夥全滅了，不過也跟來自昆蟲國度的海咪一群人變成伙伴。

當然跟海咪是艾基爾的太太也有關係，不過今後也打算跟前ＡＬＯ玩家，有機會的話也想跟其他世界出身的玩家同心協力。拉斯納利歐就是為此而建立。

站起來後，到廚房清洗布丁的玻璃容器，接著到洗手台刷牙後就移動到二樓自己的房間。換上便服，用手機傳給直葉「我先潛行了，冰箱裡有布丁」的訊息後就躺到床上。戴上AmuSphere，緩緩吸口氣——

「開始連線。」

呈放射狀降下的七彩光芒，把我的靈魂帶到強制轉移以來最大戰爭等待著的異世界。

6

已經有半數以上的同伴聚集在圓木屋的前院。

莉茲貝特在製鐵爐前面用鐵鎚不停敲打出聲音，詩乃正窺看著她的手邊。亞絲娜跟結衣用灶煮著什麼，在閘門附近熱烈談話的是亞魯戈與愛麗絲。艾基爾、海咪還有克萊因預定在七點時會合，愛麗絲教會薩利翁他們狩獵四眼大渦蟲的訣竅，好像正在馬魯巴河進行最後的升級活動。

我走下門廊的樓梯後，注意到我的結衣就一直線跑了過來。

「爸爸，歡迎回來！」

「我回來了，結衣。留守辛苦了。」

結衣抱住了我，我則是用雙手用力撫摸她的頭。往下看著她感到很癢般的笑容，同時想著戰鬥中要如何確保心愛女兒的安全。

「哈囉。睡眠不足不會有影響吧，桐仔？」

被雙手插在燈籠褲口袋裡，以略為前彎的姿勢靠過來的亞魯戈這麼一問，我便一邊苦笑一邊回答：

「妳看起來才是很累的樣子呢。在作戰開始之前還是小睡片刻比較好吧？」

「嗯啊？不要緊不要緊，熬夜一兩天就累癱的話哪能當情報販子。」

「雖然很感謝妳如此拚命……嗯，咦？亞魯戈登入遊戲的話，那是誰在監視那些ＳＮＳ帳號？」

「啊～那個嗎……」

聽見我的問題後，亞魯戈就低頭瞄了一下結衣，然後咧嘴笑著說：

「雖然有點犯規，但是我讓小結衣幫忙監視喲。小結衣的話，就算登入中也能夠注意外部的ＳＮＳ。」

「噢，原來如此……」

了解是怎麼回事後，我就低頭看著抱住我的結衣。

「等一下，結衣，妳這麼做沒關係嗎？不會引起『唯一性的混亂』……」

「沒有問題！」

斬釘截鐵地說完後，結衣就輕輕挺起胸膛繼續說：

「並非複製我的主程式，只是用多工處理來處理情報而已。我平常都平行處理平均一萬件的工作喲，再多加一件到裡面根本算不了什麼！」

「一……一萬……」

我忍不住認真地凝視結衣小小的頭部。當然這個虛擬角色裡並沒有結衣的腦，不對，應該說是CPU，主程式應該存在於我房間的桌上型電腦裡，她表示經常同時處理一萬件工作，但電腦的運作聲倒是很安靜，另外寫在「電費通知單」上的單月電費也沒有太貴。

我雖然毫無保留地愛著結衣，但是對於她主程式的內部究竟是什麼狀態可以說一無所知。因為要她顯示給我看，就等於是叫愛麗絲把保存搖光的LightCube給我看一樣……

當我想到這裡時，愛麗絲本人就走過來，以有些嚴肅的表情說：

「桐人。不需要休息的話，在眾人到齊之前，要不要到周圍的森林去巡邏一下？」

「巡……巡邏？為什麼？」

「如果我是姆塔席娜，在本隊開始進軍前會先派出少人數的斥侯。我們的動向受到監視的話，今晚的作戰就會完全被對方看透。」

「嗯……我也很在意這一點，所以昨天晚上到森林去搜索過一遍了，沒發現任何人喔。」

我邊說邊瞄了昨晚一起去的亞魯戈一眼，結果情報販子就繃著臉發出簡短的「嗯……」一聲。

「……確實如同小愛愛所說的，也有可能今天才派出斥侯。應該說，這麼想才比較自然吧……小結衣，SNS那邊怎麼樣了？」

被如此詢問的結衣，眨了一下眼睛後才回答：

「監視的二十一個帳號裡，有八個帳號沉默了一個小時以上。剩下的十三個帳號像是『差不多該準備了』『要一直潛到深夜』『開始戰鬥了』『好懶得動哦』等等的發言增加了。」

「……原來如此。看來對方也快到集合時間了。因為也跟現實世界的狀況有關，我不認為中了『絞輪』的一百個人全部都能到場，不過要有至少能招集八十……不對，是九十人的心理準備比較好……」

「有那麼多人的話，派出五六個斥侯應該不成問題。那還是再去偵察一次看看吧……」

如此回答完，當我想著「要選誰呢……」而環視寬敞的前院時。

木製閘門啪噠一聲打開，同時傳出開朗的聲音。

「Hey guys！」

迅速走進來的是昆蟲國度組的眾人。走在前面的是象兜蟲薩利翁，他後面是長鬚鍬形蟲畢明古，再後面則有茶色蚱蜢現出身影。圓滾滾的額頭很引人注目，而更令人在意的是蚱蜢右手拖著的白色繩子。

繩子前方綁著一個長一公尺七十公分左右的細長物體……等等，不對。好像是某種東西被同樣的繩子層層綑住了。仔細一看之下，物體正不規則地震動著。

「…………」

我一瞬間被這種情況震攝住而靜了下來，不過立刻就走近薩利翁他們，說出「Sup guys！」來打招呼。然後以舉起的右手指著那層層捲住的物體說：

「…So，what's this?」

聽見我的問題後，茶色蚱蜢——種名應該是叫飾蟋螽，玩家名是「尼帝」——就默默地舉起該物體。仔細一看下，發現白繩是由無數極細的絲所捻成，看起來強度比我們製作的劣質繩子優越許多。

尼帝開始旋轉吊著的物體。結果上部的繩子開始慢慢解開，從裡面露出來的，是大概已經猜測到的人類……應該說是前ＡＬＯ玩家的臉。

「噗哈！」

我認真地望著盛大吐出一口氣的男人。從肌膚與頭髮的顏色來看是火精靈族，不過又太過矮小與瘦削了。經過滑剪的瀏海、凹陷的眼窩，左邊臉頰有一條粉紅色彩繪。

男人一看見我就以沙啞的聲音大叫：

「你……你也是這些蟲人的同伴嗎？」

「嗯，是啦。」

「可惡，要……要殺就殺吧！」

一聽見對方的叫罵，我就覺得奇怪。感覺好像以前也曾經遭遇過類似的場面……

於是我準備先向薩利翁詢問是在那裡抓到這個男人，但在那之前背後就傳來叫聲。

「啊——那個人！」

轉過頭一看，就看見晃動金色馬尾筆直跑過來的莉法。原本以為還要再晚一點，結果登入時間也只比我遲了十幾分鐘。忍不住擔心她今天是不是也翹掉劍道社的練習，但她本人卻以跟平常一樣的快活態度跟愛麗絲他們打招呼，然後再次看向被層層捆住的男人。

「果然……哥，不對，桐人，這個人就是那個人喔！」

「哪個人？」

當我如此反問的瞬間，這次換成那個男人大叫：

「啊——你是桐人！黑漆漆老師！」

「咦？在……在哪裡見過嗎？」

「是我啊，就是去年正月在魯古魯迴廊和惡魔化的你戰鬥，差點被吃掉……」

兩秒後我也叫了出來。

「啊——是那個人嗎！」

已經是一年半以上的事情了吧。

當時我剛從死亡遊戲ＳＡＯ解放出來，應該同時登出的亞絲娜卻不知道為什麼沒有清醒過來，我為了尋找亞絲娜的情報而潛行到ＡＬＯ，跟莉法、結衣一起朝精靈國度中央的世界樹前進。路途中，在名為「魯古魯迴廊」的迷宮遭受火精靈的魔法師部隊襲擊，於是使用了守衛精靈的幻影魔法變身絕技才好不容易擊退他們……我記得在莉法的指示下活捉了其中一個人，試圖從那個人身上問出襲擊我們的理由。

當時男人也豁出去直接表示「要殺就殺！」，但我道出「把死亡的火精靈身上掉落的所有道具都送給他」的提議後，兩秒鐘交易就成立了。得到大量應該是伙伴遺物的稀有道具後，男人笑逐顏開地離開，之後就再也沒有見過了——

「等等，不過……是真的嗎？」

當還不能相信的我凝視男人的臉時，從莉法後面出現的結衣就堅定地表示：

「虛擬角色的外貌與聲音的頻率都跟那個時候的火精靈先生完全一致。」

「那就是本人了嗎……你在這種地方做什麼？」

「哪有做什麼……」

男人的眼睛明顯開始游移。那種模樣讓我靈機一動，於是就拜託依然握著白繩子的尼帝。

「can you loosen the string a bit more?（可以把繩子放鬆一點嗎）」

蚱蜢臉輕輕點了一下的尼帝再度開始旋轉男人。繩子放鬆到下顎下方時就做出信號讓他停止旋轉，接著我就看著男人的脖子。該處有著漆黑的環狀圖樣。是「不祥者之絞輪」——

也就是說這個火精靈被從阿爾普海姆強制轉移到Unital ring後，加入某支攻略隊伍，參加了在斯提斯遺跡舉行的聯合懇親會。

我思考了一下後就對男人說：

「原來如此，你中了姆塔席娜的窒息魔法嗎？」

下一刻，男人就像彈起來般後仰身體。在空中不停前後搖晃，並且以沙啞的聲音著急地說道：

「你……你認識那個女的嗎？也知道這種狗屁魔法？」

「我知道喔。還知道跟你一樣被『絞輪』束縛的百名玩家，今天晚上將襲擊這座城鎮。」

曾幾何時，所有同伴都聚集在周圍。亞魯戈似乎正在翻譯我跟男人的對話給薩利翁他們。

往說不出話來的男人靠近一步後，我又繼續追問：

「你是被姆塔席娜命令到這個城鎮來偵察的吧？然後被昆蟲們發現並且捕獲。其他的同伴……」

瞄了一眼薩利翁他們，象兜蟲與長鬚鍬形蟲在亞魯戈完成口譯的瞬間就同時聳聳肩。

「……抵抗後死亡了嗎？那你打算怎麼辦？應該知道無法放你離開吧。是在這裡從Unital ring退場，還是成為俘虜把知道的都說出來呢？」

盡可能裝出凶狠的表情強迫男人做出選擇後，男人的視線再次左右游移了一陣子，然後才下定決心般回看著我的眼睛。

「桐人先生，你明明知道『絞輪』的狗屁效果，還是想跟姆塔席娜戰鬥嗎？如果你看輕那種魔法就太天真了。什麼做好心理準備的話就算發動也能忍耐之類的，那不是這麼簡單的東西。我也不想成為那個女人的手下，但為了在Unital ring生存也只能聽話……」

依然被吊著的男人感觸良多般這麼說著，我則是舉起右手打斷了他。

接著用那隻手抓住自己鎧甲的護喉，把它跟內衣一起用力往下拉。下一刻，男人就瞪大了眼睛說不出話來。

亞絲娜以緊繃的聲音呢喃著「桐人」。也難怪她會擔心，把早已受到「絞輪」支配的事實告訴這個男人實在太魯莽了……我也這麼認為。如果傳到姆塔席娜耳裡，在我的劍擊中她之前，只要敲一下法杖就能封鎖我的動作。

所以這是個賭注。能從這個男人身上挖出情報的話，作戰成功的機率就能往上提升。為了辦到這一點，必須讓他相信有從窒息魔法當中解放出來的可能性。

我對保持沉默的男人提出了追加的條件。

「如果把知道的全告訴我們，今天的戰役打敗姆塔席娜的話，就把她掉落的所有道具都送給你吧。當然，那把法杖必須銷毀就是了。」

結果男人呼一聲吐出長長一口氣，露出無力的笑容說了句「真的嗎？」。

自稱「弗利司柯爾」的火精靈從尼帝的繩子中解放出來後，就一屁股坐在廣場中央，表示希望能先喝點東西。

我一邊看著弗利司柯爾喝完三杯亞絲娜遞給他的茶，而且大口吃著剛煮好的燉哈貝肉，一邊向薩利翁詢問事情的經過。

狩獵四眼大渦蟲告一段落的昆蟲們，為了回復SP而準備回到拉斯納利歐，但擁有優異視覺的烏基晏蜓——哈畢注意到四名藏身在樹叢中的玩家。分成兩隊靠近他們後，在搭話之前對方就發動攻擊，沒辦法的情況下只能打倒三個人，然後將試圖逃走的最後一個人——弗利司柯爾抓住後拖到拉斯納利歐。聽說綁縛他的白繩子不是用素材道具自行製作出來，而是尼帝擁有的從口中吐絲的技能。

現實世界的蟋蟀，明明跟蚱蜢同一科卻能夠吐絲。原本以為這樣的話昆蟲們不就都能飛行，結果跟ALO玩家一樣，飛行能力遭到封印。本來認為這樣的話蜻蜓和蜜蜂等擅於飛行的昆蟲就很不利了，但在昆蟲國度裡面，本來就只能飛行極短的距離，理由是因營運初期，出現明明登出了卻試著從自家階梯飛行並因此而受傷的愚蠢玩家……薩利翁感到很遺憾般這麼說道。

總之藉由愛麗絲親傳的四眼大渦蟲升級法，昆蟲國度組的等級也往上提升到平均15級左右了。雖然還是有點落後於ALO組，但是應該比還在斯提斯遺跡周邊提升等級的姆塔席娜軍高出許多才對。可惜沒有高到能顛覆人數差異，不過敵人的等級也得向弗利司柯爾問個清楚才行。

弗利司柯爾回復完SPTP後，我們就把偵訊他的任務完全交給也以創作者兼情報收集人員活躍於現實世界的亞魯戈。「老鼠」以符合實力的話術深入弗利司柯爾的內心，短短十五分鐘左右就挖出一堆情報。

根據弗利司柯爾所說，姆塔席娜軍的平均等級是10或者11，開始移動的時刻是比我們預想還晚的晚上九點。行進路線正如預測是馬魯巴河東岸，抵達拉斯納利歐的預定時間是零時整。作戰計畫也幾乎跟我們預想的一樣，一開始先破壞周圍的森林製造平地，我們躲在城鎮裡的話就用圓木破壞牆壁，突擊的話就以大人數包圍來讓姆塔席娜施展「絞輪」。

參加人數目前扣除四名偵察隊員後是八十七人，因為現實世界的狀況而實在無法參加的玩家，似乎在分配戰利品與獎金時將會被排出在外。

「獎金大概有多少？」

莉茲貝特這麼插嘴，弗利司柯爾則是以半信半疑的表情回答：

「說是一個人10耶魯，但真的很可疑。因為一百個人就得發一千耶魯喔。我花一整天收集的素材，拿去賣掉也只賺不到30迪姆，光靠姆塔席娜和假想研等四個人無論怎麼想都不可能存到一千耶魯吧。」

假想研指的應該是姆塔席娜的小隊「假想研究社」吧。雖然不知道成員只有四個人，不過姆塔席娜之外的三個人即使知道「絞輪」的效果，為了讓在競技場的一網打盡作戰能夠成功而故意承受魔法，之後的窒息展示也硬撐了過去。

「……假想研的其他三個人是什麼樣的傢伙？」

我一這麼問，弗利司柯爾就輕輕歪著頭說：

「嗯……總覺得所有人都很神祕莫測。有長相與體格都像是雙胞胎，名字叫『碧歐拉』與『黛雅』的兩個女性單手劍使，還有一個叫做『馬濟斯』的男性暗魔法使。這些傢伙算是軍團的副領隊，不過兩名女劍士完全不跟人閒聊，男魔法師的話聊起來人倒是頗為親切，但是該怎麼說呢……怎麼形容才好……」

弗利司柯爾有好一陣子臉上的表情就像是找不到適切言詞來表達想說的話，嘴裡也開始含糊其辭，最後才像是放棄般聳了聳肩。

「嗯，包含姆塔席娜在內，所有成員都讓人摸不著頭腦。因為如果一開始就這麼強的話，那在ＡＬＯ裡也應該是頂級玩家，但沒有人見過他們四個，也沒聽過他們的名字。你們有印象嗎？」

反而被這麼詢問後，我們就開始面面相覷。聽他這麼一說就覺得確實如此，不過所有人都默默搖了搖頭。

「……會不會是使用假名？這個世界的話，不發動攻擊或者被攻擊就不會顯示浮標對吧。在競技場被施加『絞輪』時，因為太遠而看不見姆塔席娜的浮標……」

我一這麼說完，弗利司柯爾就伸出左手食指在空中畫圈。

「除了浮標之外，還有另一個看見別人名字的方法吧。我曾經跟除了姆塔席娜之外的三個人加入同一個聯合部隊，確實地檢查過顯示在視界這邊附近的角色名稱了喲。碧歐拉是『Viola』，黛雅是『Dia』，馬濟斯是『Magis』……嗯，都是很普通的角色名稱啦。」

果然沒有看過或者聽過，這麼想的我看向結衣，雖然她應該記得至今為止在阿爾普海姆接觸過的所有玩家名稱，但她也迅速搖了搖頭。

不要說接近其真實身分了，感覺謎團反而增加了，但是──

「……不論如何，我們要做的事情還是沒有變。打倒姆塔席娜，斷絕後顧之憂後以前往世界中心為目標。從第一天晚上就發生許多事情，今天晚上就要結束一切！」

為了鼓舞同伴而這麼大叫，聚集在圓木屋前院的所有人──連弗利司柯爾這個滑頭的傢伙都──舉起一隻手來，配合我發出「喔！」的聲音。

艾基爾跟海咪、克萊因也依照時間跟我們會合，所有成員都到齊的我們，討論了幾個問題後在晚上八點從拉斯納利歐出發。

問題之一是該如何處置算是俘虜的弗利司柯爾。從被薩利翁他們帶來後的反應看起來完全不像是演技，但刻意被捕，假裝吐露情報然後把我方情報洩漏給姆塔席娜那邊的雙重間諜的可能性並非完全消失。如果這裡是艾恩葛朗特的話，就有把他關入上鎖房間的手段，但是Unital ring隨時隨地都可以登出，要是被他在現實世界跟同伴聯絡的話，就無法防止情報流出了。弗利司柯爾已死的三名同伴，當然也會跟姆塔席娜那邊聯絡說他已經死了吧。

在隔離他本人的情況下商量許久後，決定把弗利司柯爾一起帶過去。雖然有點違反人道精神，但是在開始迎擊作戰的準備前要先用尼帝的絲把他層層捲起來，然後隨便找棵樹掛上去。如此一來他的手就無法動彈，也就不能叫出環狀選單並且登出了。雖然心跳數與尿意超過基準值的話AmuSphere會自動斷線，但那個時候就等待幾分鐘讓他再次登入，沒有回來的話就只能當成背叛了。我們還是跟本人詢問了是要「同行並且將其層層綁起」還是「在巴辛族居住區受監視，叫出選單的話立刻斬首」，他繃起臉仔細思考了一陣子後就選了前者。

第二個問題是要如何處理巴辛族與帕特魯族。

我個人的立場是絕對不願意ＮＰＣ出現犧牲者，所以希望他們留在拉斯納利歐，但兩個種族都頑固地表示「這裡已經是自己的家園所以要自己守護」。最後提出的折衷案是各自選五名戰士與我們同行。當然巴辛族是由族長伊賽魯瑪，帕特魯族也是由族長切特——應該是偶然吧，兩位都是女性——伴隨四名最精銳的戰士加入隊伍。

如此一來我們的陣容就是我與伙伴共十一人，海咪與同伴共二十人，NPC共十個人，總共是四十一人。再加上米夏、小黑、阿蜥等四隻寵物。

八點半，我和亞魯戈抵達昨天晚上選定的地點。

首先把被層層捆住的弗利司柯爾吊在離河川有點距離的樹上，然後除了NPC外的所有人使用塞在道具欄的資材，開始建造迎擊作戰最重要的機關。現實世界的話是即使用上重型機械也得花上一個月的龐大工程，但在這個世界，只要掌握工藝系統的要點，光靠右手的手勢作業就會不停地進行下去。

雖然細部調整花了一些功夫，但是作業在九點半完成了。再來就只要等待姆塔席娜軍。

敵人應該在九點時從斯提斯遺跡出發，可以的話我們也想派出斥侯來掌握對方的位置，但是無法保證不會發生像弗利司柯爾他們被發現並且遭到捕獲的情況。

雖然可能在最後一刻改變行進路線，但不通過安全的馬魯巴河岸的話，就會在夜晚穿越賽魯耶提利歐大森林。說是南側幾乎不會出現危險的怪物，但那是因為我們的平均等級超過15，就連頻繁湧出的蝙蝠與狐狸，都比斯提斯遺跡周邊的小動物強多了。

據弗利司柯爾所說，姆塔席娜軍的防具只到達皮革製的水準，萬一遭遇到尖刺洞熊級的大型野獸，就算是將近九十人的大軍也會受到一兩成的損害吧。姆塔席娜軍的作戰是「以大軍包圍來阻止對方行動」，所以行軍中應該會想避免人數減少。

他們的優勢就是擁有大軍。要活用這個優勢就需要寬敞的空間。如此一來，絕對會沿著馬魯巴河北上才對。

我注視著完成的機關開始作動的模樣，同時為了讓推測變成確信而拚命地轉動腦袋——

「……對不起，爸爸。」

走近的結衣往上看著我並且如此說道。

「咦，對不起什麼……？」

「如果我還是導航妖精，就可以讀取廣域地圖，然後掌握敵軍接近的路線了……」

結衣悄然低下頭去，我則是蹲下來用膝蓋撐住身體，將視線配合她的身高。輕輕把她抱過來呢喃著：

「我覺得結衣變成玩家是很棒的一件事喔。雖然無敵屬性消失了讓我有點擔心……但是這樣就能比之前共有更多事情了吧？雖然要妳解讀ＮＰＣ說的話，還有監視ＳＮＳ，但那是結衣自己的能力能辦到的事情，不是去讀取遊戲系統。所以，那個……」

這時從頭上降下溫柔的聲音來取代說不出話來的我。

「結衣是我跟桐人的孩子，所以不用那麼努力沒關係喔。」

不知道什麼時候來到正後方的亞絲娜，在我身邊蹲下來並且溫柔地摸著結衣的頭。依然被我抱著的結衣，伸出左手來緊抓住亞絲娜的洋裝。

「媽媽……」

「當然很高興結衣願意努力幫忙，但好不容易能同樣成為玩家，我希望妳能好好享受這個世界。接下來就要戰爭了，這麼說可能很矛盾……但是我認為嚴肅面對認真的對手也是遊戲的樂趣之一。」

以沉穩聲音宣告的內容，讓我吃了一驚並且瞪大雙眼。

在斯提斯遺跡被施加「絞輪」之後，我就一直在推敲姆塔席娜的惡意。太過在意她所說的「黑暗」，甚至也想從自己的內心找出黑暗來。

但是退一步俯瞰整個局勢，就發現姆塔席娜也是Unital ring這個VRMMO遊戲的一名玩家。這個世界的驟死賽規則固然相當嚴苛，但是跟艾恩葛朗特不一樣，不會失去真正的性命。

接下來要發生的是大規模的PvP，絕對不是浴血的互相殘殺……

我把左手繞到結衣，右手則繞到亞絲娜背後，然後用力把她們抱過來。

「嗯，認真地努力……然後享受吧。就算結果是失敗，也只是在遊戲裡面，失去的東西將來還是能夠拿回來。結衣就跟我們一樣，以玩家的身分做現在能做的事情就可以了。」

如此呢喃之後，在我跟亞絲娜胸口的結衣就以細微——但相當確切的聲音回答：

「……好的！」

下一刻，躺在附近的小黑就像表示贊成般發出「嘎嗚」的低吼。往那邊看去後，發現同伴們都帶著笑容注視著我、亞絲娜和結衣。

十一點，所有人抵達自己負責的場所，除了巴辛族與帕特魯族以外的成員組成了聯合部隊，所有的準備都已完成。

十一點三十分，以黑卡蒂II的瞄準鏡監視著下游的詩乃傳來了「看見類似火把亮光」的訊息。

十一點四十五分，潛伏在樹木後面的我，視界裡也捕捉到搖晃的橘色光芒。

7

無數靴子踩踏河岸砂石的聲音沉重地在暗夜中響起。

九十人左右的大集團，而且還是受到脅迫才聚集起來的即席隊伍，卻完全聽不見閒聊的聲音。不愧是原本就打算攻略Unital ring的玩家們，比想像中還要有秩序。

但是我們的士氣也不會輸給他們。雖然ALO組與昆蟲國度組加上NPC兩種族的組合比攻擊方更混亂，但是躲藏在馬魯巴河兩岸森林內的四十個人與四隻動物完全隱藏住氣息，連我的耳朵都聽不見呼吸的聲音。

姆塔席娜軍以一定的速度從寬廣的馬魯巴河東岸接近。已經不只是火把，連皮革防具在火焰照耀下的些許光芒都能清楚看見。

問題是姆塔席娜本人在隊伍的什麼地方。在確認她的位置之前都沒辦法發動機關。現在桐人軍——為了方便只能接受這個稱呼——分成兩隊躲藏在河岸的樹林裡，東岸小隊由我，西岸小隊由亞絲娜指揮。計畫是只有我和亞絲娜，以及一直在上游待機的詩乃打開環形選單，一發現姆塔席娜就以朋友訊息通知其他兩個人位置，但是目前尚未接到她們的聯絡。

只限定由三個人打開選單的理由，是因為有視窗光線而暴露埋伏的危險。我和亞絲娜、詩乃為了遮蔽光線而罩著厚厚黑布躲在草叢裡面。如果能準備更多黑布的話就能增加打開視窗的人數，但亞絲娜仍未開發出黑色染劑。三人所罩的布是解開死亡玩家掉落的遺物袋後縫合而成。

從布料稍微打開的縫隙持續凝視著河岸，在集團前頭搖晃的火把已經靠近到二十公尺之內，也能清楚看見玩家們的身影了。

聚集在最前列的是身穿打了鉚釘的強化皮革鎧甲，手拿圓形皮盾的坦克們。高大的身軀與盾牌形成阻礙，讓我看不見後方。在發現姆塔席娜之前只能讓前衛通過了，但躲藏在只距離河岸一公尺高森林後方的我們，被發現的機率也會增加。

趴在我右側的小黑，柔韌的身體開始繃緊。我以右手輕輕撫摸牠的背部，默默希望牠能冷靜下來。米夏也同樣在東岸，阿蜥則跟亞絲娜一起在西岸待機，現在只能祈禱三隻寵物都能保持安靜了。

最前列的三名坦克通過短短五公尺前方的河灘。

我曾經看過走在中央那名特別高的男人。是在斯提斯遺跡的懇親會擔任主持的「絕對存活隊」隊長霍格。講台上當主持人時非常開朗，現在側臉上卻浮現緊繃的表情。

坦克們穿的鉚釘皮鎧，就皮革鎧甲來說算是重裝了，但因為沒有護喉所以可以清楚看見脖子。在橘色光芒照耀下清楚地浮現出漆黑環狀紋樣。

姆塔席娜表示那個被詛咒的「絞輪」才能團結ＡＬＯ玩家們，引導眾人前往最終地點。但那並不算完全攻略遊戲。害怕窒息的恐懼而專心於執行命令根本沒辦法享受到遊戲的樂趣。

我不會去否定姆塔席娜的遊戲方式。身為被轉移到Unital ring的玩家，她也只是盡自己最大的努力而已。如此一來，我們也將竭盡全力來對抗。

霍格率領的坦克部隊通過眼前之後，後面跟著持短劍與匕首，做輕裝打扮的斥候部隊。目前仍未看見姆塔席娜。該不會跟部隊分別行動吧？不對，這樣的話霍格他們至少會說幾句話吧。那個魔女絕對在隊伍的某個地方。

哪裡——到底在哪裡？

再過三分鐘不到，隊伍的前頭就要抵達機關的地點了。到時候無論如何都得發動機關。但那樣的話，幹掉姆塔席娜的機率就會大幅下降。

現在在上游待機的詩乃一定是坐立難安吧。雖然想傳送「再忍耐一下」的訊息，但根本沒有多餘的心思。我把兩眼瞪大到極限，默默凝視著前進的大集團。

【夜視技能的熟練度上升到７。】

這樣的視窗突然出現，擋住了我的視界。按耐下焦燥的心情迅速關上視窗的瞬間。

斥侯部隊再往後一些，皮革鎧甲與單手劍裝備的攻擊手部隊中央——看見了在腦袋裡留下清晰印象的長法杖。

菱形的杖頭鑲著巨大寶石……持那根法杖的是白色斗篷的兜帽整個往下拉的纖細玩家。不會錯了。那是魔女姆塔席娜。

姆塔席娜前面有兩名嬌小的單手劍使。同一外型的黑色鎧甲，雖然是皮革製看起來卻像高級品。因為戴著同樣素材的帽子所以看不見長相，不過應該是弗利司柯爾提過的碧歐拉與黛雅吧。

接著後面是穿著漆黑斗篷的高挑魔法師。手中的法杖雖然特別長但是沒有什麼特徵。那就是名為「馬濟斯」的暗魔法使嗎？那四個人就是「假想研究社」小隊的所有成員。

先不管兩名劍士兩名魔法師的構成，兩名魔法師都使用暗魔法的話，實在不太平衡吧。雖說應該是繼承了ＡＬＯ的暗屬性魔法，但Unital ring裡頭的繼承魔法技能已經遭到封印，設下了不使用同屬性的「魔晶石」的話就不能解鎖的嚴格限制。明明是原本就極為稀少的魔晶石，他們是去哪裡得到兩顆暗屬性的石頭呢？

雖然極想知道這個情報，但應該沒有問出來的機會吧。不論再怎麼晚，十分鐘後我或者姆塔席娜就有一個人將會死亡。

被宛如近衛兵般攻擊手部隊包圍住的姆塔席娜正確實地接近。下方明明是遍布拳頭大石頭的河灘，虛擬角色的上半身卻沒有任何搖晃。其他的三個人也一樣……看來相當習慣完全潛行環境的動作。如此一來，感覺應該也相當敏銳才對。他們最接近的時候，就是伏擊最可能被發現的一刻。

姆塔席娜他們在望著正面的情況下，保持著一定速度往前進。靠近我所躲藏的樹叢……通過正面，逐漸朝上游遠去。隊伍最前頭的霍格已經陷入夜色之中再也看不見了。

隊伍前方有一座落差兩公尺左右的小瀑布正發出吵雜的水聲。河岸當然也被同樣高度的斜面擋住了，但地面被侵蝕成階梯狀，所以重裝戰士也能輕鬆地爬上去吧。

但是他們不會爬上斜坡前進到上游了。

迅速流落的瀑布，在兩個小時前根本不存在。選擇河岸往左右兩邊擴張的地點，我和伙伴運來大量的圓木與土石來擋住了河川，建造了即席的水壩。

這個作戰的靈感是來自於前天晚上，從斯提斯遺跡回來的路上經過瀑布後方的洞窟，使用工藝機能封鎖入口的時候。我原本認為那不可能辦得到，但亞魯戈「這個遊戲是在挑釁我們這些玩家的遊戲常識」的發言，賦予了我全新的視點。

Unital ring裡給予玩家超越SAO與ALO的自由度。其中也包含了甚至能將地形做出一定程度的改變。雖然沒辦法突然就用「石牆」擋住整條河，但一邊靈活地排解水壓一邊作業的話，要在流動的水裡面進行建設絕非不可能。

我先在河寬變窄到大約五公尺的地方，每間隔一公尺打入堅固的圓木。接著在這些柱子與柱子之間設置高三十公分的「石坎」而非石牆，然後再一點一點堆高水壩。

從上游看的話，一眼就能看出是人工物擋住了水流。但是從下游的話，變成瀑布流下的水將會擋住水壩。馬魯巴河的下游存在前天我跟愛麗絲、亞魯戈乘圓木舟掉落的，落差達三十公尺的巨大瀑布，所以高兩公尺左右的這座瀑布也不會被認為不自然吧。實際上，隊伍的前頭就沒有停下來，直接靠近瀑布右側的階梯狀山崖。姆塔席娜也沒有要他們停下來。

感覺潛伏在周圍的伙伴散發出來的緊張感不斷傳過來。所有人應該都在內心默念著快一點快一點吧。但還要一會兒……不等姆塔席娜他們最靠近瀑布的話，可能會讓他們逃到河岸上。

再一會兒……再一公尺………

就是現在。

我按下朋友訊息輸入欄的傳送鍵。

已經打好的「ＦＩＲＥ！」五個字就傳送給亞絲娜與詩乃。

半秒鐘後。寬五公尺的瀑布中央開了個大洞，其延長線上的河面豎起水柱。遲了一會兒後，響起雷鳴般的衝擊聲。

「嗚喔！」

「打雷嗎！」

姆塔席娜軍的隊伍產生混亂，四處傳出驚訝的聲音。但真正驚人的接下來才正要開始。

我們製造的水壩是由五根柱子支撐。其中左右的四根是由熟悉的旋松製，但中央的一根是使用耐久度高的稀有樹木——賽魯耶柚木。

承受施加在水壩的巨大水壓達兩個半小時的圓木，現在一瞬間遭到粉碎。實行的是詩乃的愛槍黑卡蒂II所發射的12.7毫米彈。這個世界恐怕再也無法補充的六發子彈其中一發。

圓木屋的會議裡當然也檢討了直接用黑卡蒂狙擊姆塔席娜本人的提議。但是繼承武器黑卡蒂是所需能力值跟我的「斷鋼聖劍」同樣甚至是以上的怪物，現在的詩乃根本無法裝備。雖然克萊因提出製造可搬運式槍架、艾基爾提出由他本人來扛槍的提議，但全都無法進行精密的狙擊。

這時我就用圓木與繩子把黑卡蒂緊緊固定住，雖然無法移動瞄準但能夠正確地射穿某一點。瞄準的不是玩家，而是支撐水壩的賽魯耶柚木。

命中要害的話，連The Life Harvester都能一擊斃命的子彈，輕鬆就擊碎粗五十公分的支柱。說到結果會發生什麼情況嘛——

隨著足以將一秒前的槍聲記憶完全刪除的巨響，水壩從失去支撐的中央部開始崩壞。

混雜著無數石頭與圓木碎片的水，變成怒濤後解放出來。待在河灘上的姆塔席娜軍前衛們根本來不及逃走就被吞沒。不論是再怎麼堅固的重裝戰士，也無法抵擋水壩花了兩個小時累積的水力能量。有幾個人試著要橫越河川爬到岸上，但是根本無法靠近，在嘴裡發出悲鳴的情況下被捲動的濁流沖走。

混亂之中，我只是一直凝視著隊伍的中央。

只能說假想研究社的四個人確實很有一套。即使看見逼近的猛烈水柱也沒有陷入恐慌狀態。姆塔席娜只是停下腳步，黑衣劍士碧歐拉與黛雅異口同聲地大叫：

「「所有人上岸！」」

同時自己也往河川東岸，也就是我們潛伏的森林撤退，但是因為讓多達幾十人的攻擊手密集在周圍，結果反而礙事。被沖過來的坦克與斥侯們不斷撞上攻擊手，交纏在一起後變成巨大的障礙物。

正當姆塔席娜他們進退維谷的下一個瞬間，怒濤就吞沒了四個人。不論是否冷靜，沒有玩家能夠在這樣的濁流中穩住身形。

親眼確認四個人被沖走的瞬間，我就傳送接下來的訊息。

「ＧＯ！」

雖然也同樣傳給了詩乃，但基本上這是傳給亞絲娜的訊息。我同時從樹叢中衝出，以手勢對躲藏在周圍的伙伴做出移動的指示。

一邊讓小黑稍微待在前面，一邊全力跑過森林與河灘的境界線。即使用上最快的速度，也好不容易才能趕上被沖走的姆塔席娜等人。或許已經有玩家注意到我們了，但是被困於濁流時，光是為了不溺水就用盡氣力，應該根本無法出聲吧。

奔跑途中，水流的力道逐漸變弱。首先是重裝的玩家勾到河底的石頭或沉木而停下來，接著是中度武裝玩家被纏住。幾乎是在依然漂浮著的輕裝玩家們前頭，可以看到裝備重量應該是集團中最輕的馬濟斯與姆塔席娜。碧歐拉與黛雅似乎被沖開了。

到目前為止都是按照計策的發展。再來就只要等待姆塔席娜停下來。雖然馬濟斯仍在附近是不安的因素，但身為魔法師的他應該無法對應突然的襲擊才對。

濁流的水位不斷降低。輕裝玩家們不是被地形所困，就是自行逃到河灘上，人數已經變少了。在仍隨波逐流的姆塔席娜與馬濟斯前方，可以看見比較大的沙洲。兩人朝該處修正路線，以法杖下端金屬箍戳向覆蓋砂石的沙洲前端……藉此停了下來。

就是現在。

「要上嘍！」

低聲叫完，我就從森林衝出去，跳向一公尺下方的河灘。一著地就拔出劍來，朝著十幾公尺前方的姆塔席娜全力衝刺。河灘與沙洲之間雖然有河水流著，但因為被分割為二所以寬不到五公尺，借助劍技的力量應該能輕易飛越才對。

由亞絲娜率領的小隊在同一時間點衝出對岸的森林，急速往這裡奔馳。從上游傳來注意到我們的輕裝玩家發出的驚呼聲與怒罵聲，但那邊就交給以米夏為前頭的別動隊負責。

我的工作是讓姆塔席娜永遠從Unital ring世界退場。老實說一言不發就衝過去殺人有違我的原則，但是脖子被刻上紋樣時就了解她不是靠對話就能找到折衷點的對象。為了解放現在被束縛的玩家們，以及為了避免伙伴們淪為同樣的下場，這時候必須確實地盡我的責任才行。

在沙洲突出的一端注意到我們發動奇襲的姆塔席娜與馬濟斯終於試著要站起來，但或許是遭濁流一陣沖刷而頭暈，或者是吸了滿滿水分的斗篷太重了，只見他們的動作很僵硬。這個距離的話，即使試圖使用什麼魔法，也能用劍技毀掉手勢。

我為了發動上段跳躍技「音速衝擊」而把愛劍舉到右肩上方。

距離剩下三步、兩步——

突然間。

腳邊的河灘發出藍紫色亮光。

不只是發光而已。大小圓石的表面出現由曲線、圖樣、記號所組成的複雜構造。這是……這個魔法陣是……

「不祥者之絞輪」的前導特效。

直徑達五十公尺的魔法陣，完全包圍了我的小隊與亞絲娜的小隊。但為什麼呢？眼前的姆塔席娜只是用長法杖撐住身體站著而已，明明沒有做出任何發動魔法的手勢。而且馬濟斯也是一樣。

不對，現在不是感到驚愕的時候。雖然我已經中了「絞輪」，但是不能讓伙伴們也淪落到同樣的下場。

呆立的姆塔席娜背後，外表只能用邪神來形容的怪物往上延伸。上半身是女性型但下半身是觸手的集合體。有兩個肘關節的四隻手臂，以及長了無數尖刺的頭。

「大家和小黑都快逃到魔法陣外面去！」

擠出能發出的最大聲音如此大叫後，我就發動了音速衝擊。雖然不清楚對方是如何發動魔法，但這時候打倒姆塔席娜的話，即使伙伴們無法逃脫也能夠永久解除「絞輪」這個詛咒。

「喝啊！」

感覺到系統輔助的瞬間，我就隨著喊叫聲踢向地面。一口氣跳過寬五公尺的河川，對姆塔席娜毫無防備的肩口轟出渾身的斬擊。

「鏘————！」的衝擊聲響起。連手肘都麻痺的堅硬手感。馬濟斯以驚人速度從姆塔席娜後方刺出的棒子——宛如彎曲樹枝般的長法杖擋住了我的劍。鋼刃雖然陷入法杖前端十公分以上，但它似乎是品質比外表更優良的法杖，讓我的劍就此停了下來。

劍技的威力擴散，變成了陣風掃開姆塔席娜的兜帽。

漆黑的長髮劇烈搖擺，露出的臉龐在魔法陣光芒照耀下顯得蒼白。

如同記憶中那樣清純的美貌。但有種宛如銳利針頭般的不對勁感覺貫穿我的頭部。源頭是來自於……眼睛。臉上雖然沒有表情，但瞪大的灰色眼睛裡稍微滲出恐懼。如果是我在遺跡裡見到的姆塔席娜，就算劍尖迫近到距離眼球一公釐都絕對不會感到害怕吧。

這是另一個人。只是替身。

當我意識到這一點的同時，無數的光彈從邪神的四隻手發射出來。

一邊發出如同怪物悲鳴般的「嘰咿咿咿咿！」異聲一邊飛翔的光彈，不斷命中試圖從魔法陣中逃脫的同伴。很遺憾的，從時機來看應該沒有人能逃得了。連眼前的替身都因為外露的脖子中了光彈而一陣踉蹌。發射完人數份的光彈後，邪神就像融解一樣崩壞並且消失。

應該在附近某個地方的姆塔席娜，為了讓我們被「絞輪」枷鎖套出而特別準備了替身，讓她拿著一模一樣的法杖——然後無情地將其捲入窒息魔法當中。現在想起來，姆塔席娜在斯提斯遺跡的懇親會也讓「假想研究社」的伙伴同席，藉此博取其他小隊玩家的信任而將他們一網打盡。成為誘餌的伙伴們應該早有覺悟，這雖然是相當聰明的作戰，但我實在無法接受。

在依然抵住馬濟斯法杖的情況下，我不知不覺間對著作為替身的女性玩家問道：

「……這樣妳真的能接受嗎？」

有所反應的不是替身，而是她身後宛若背後靈般站著的馬濟斯。

「唉……」

從兜帽深處的黑暗發出簡直就像在教導我一般的聲音。

「我說桐人啊。我不否定你那種正義感，但我們也是全力在攻略這款遊戲喔。不覺得把價值觀強加在別人身上不怎麼好嗎？」

那是讓人聯想到學校教師的柔軟聲音。但所說的話卻極為辛辣。ＭＭＯＲＰＧ的遊戲型態確實是每個人都不一樣，把自己的道德觀念加諸於別人身上確實不是件好事。不只是聲音跟口氣，連說的話都像老師……

一瞬間，我沒有什麼根據就有了這樣的直覺。

這傢伙就是「老師」。可能就是指導摩庫立對人戰，唆使修魯茲他們的謎樣玩家。如此一來，像這樣進行著無謂的對話應該也隱藏著某種意圖才對。

姆塔席娜已經達成對我們施加「絞輪」的目的，再來就是發動效果讓我們所有人屈服。必要的動作就只有用法杖敲向地面，她為什麼不發動呢？

還辦不到？還待在辦不到的地方？

那就是沒有地面的地方。河川裡面——不對。

「天空嗎！」

我以渾身的力量推著右手的劍，同時仰望著上空。

雖然是深夜，但今天晚上有星星。全力睜大雙眼後，加上夜視技能的補正，視界的亮度稍微提升了。一道黑影無聲在深灰色夜空盤旋著。那是翅膀直徑達三公尺以上的巨大鳥類。從地上看的話無法分辨出來，不過姆塔席娜應該坐在牠的背上。盤旋是為了尋找森林中能安全著地的場所。

被安全著地的話就真的全盤皆輸了。必須趁她仍在空中時想出辦法。但那不是劍技能抵達的高度，我們的飛行道具就只有結衣的火魔法、我的腐魔法還有詩乃的黑卡蒂。準星完全被固定的黑卡蒂無法狙擊空中，火魔法的話光靠初期咒文「火焰箭」應該無法擊落那麼大的鳥吧。我的腐魔法「腐臭彈」……只能拿來惡搞。

只往上游看了瞄了一眼，發現被水柱捲入的姆塔席娜軍玩家們已經逐漸站起來了。他們掌握狀況的話，應該會遵從當初的命令對我們發動攻擊才對。雖然不清楚馬濟斯等人是不是會阻止他們，但可以知道絕對不能讓事情就此發展下去。

再來就只能投擲河岸的石頭……當我出現這種自暴自棄的想法時。

「吼嘎啊啊啊啊啊！」

突然後面傳來猙獰的咆哮。

回頭一看之下，像門神般站在河岸的尖刺洞熊米夏正張開雙手並且將巨大身體後仰到極限。胸口的白色閃電紋路在星光下發出淡光。

有了。還有另一個遠距離武器。

米夏胸口的紋路發出炫目光輝。從該處射擊出去的無數尖刺，彷彿對空機槍般橫越夜空，吞沒在五十公尺以上高空盤旋的巨鳥。無數羽毛無聲地飛散。

雖然無法讓ＨＰ歸零，但是鳥在空中的身軀整個失去平衡。原本差點就這樣直接掉下來，最後還是拚命拍動翅膀撐住了。

糟糕。對姆塔席娜來說，也有從這裡逃走的選擇。如此一來，恐怕再也沒有殺掉她的機會了。

當我全力祈求著「掉下來吧！」的瞬間。

鳥的右胸附近再次有羽毛飛散。同時有「砰——……」的槍聲響起。不是黑卡蒂那樣的巨大發射聲。應該是詩乃離開負責地點接近巨鳥，然後用毛瑟槍進行狙擊。

這次就連巨鳥也因為追加的傷害而無法繼續飛行，僵硬地拍著翅膀往我們所在的河灘降下。隨著高度下降，可以看見跨坐在鳥背上的人影。

姆塔席娜自身似乎是避開了尖刺的直擊，但在那種狀態下應該無法選擇降落的地點了吧。著地的瞬間能不能打倒她……將決定這場戰爭的勝負。

我突然放鬆膝蓋的力量，沒有預備動作就沉下身體。原本陷入馬濟斯法杖的劍移動到右肩上方。稍微調整姿勢的瞬間，劍身就包裹著藍光。這是劍無法動時，改為運動身體強行進入劍技發動姿勢的技巧。

「唔……」

馬濟斯發出低吼並且準備飛退，但已經太遲了。

我以左手推開呆立在眼前的替身，以右手的劍發出單發技「垂直斬」。

「滋喀！」的鈍重聲響起，馬濟斯的長法杖以及握住法杖的左手手指遭到切斷。這樣魔法師在部位缺損回復之前，應該都不能做出發動魔法的手勢了。雖然很想繼續給他最後一擊，但很可惜的是沒有這種時間了。

「所有人，瞄準巨鳥落下的地方！」

一大叫完，我就越過倒下的馬濟斯往前衝刺。

雖然祈禱巨鳥能夠掉落在下游沒有阻礙者的地方，但事情當然不會如此順利。陷入螺旋下降狀態的巨鳥，即將掉落在距離沙洲二十公尺左右的上游西岸。

右側的水面擠滿了姆塔席娜軍的玩家，但或許是尚未從遭洪水沖走的驚嚇中恢復，或者是被米夏的吼聲震攝住了，總之反應很遲鈍。應該有給予掉落後的姆塔席娜一擊的時間。

這次用普通的跳躍來越過河流前往西側的河灘。拔出細劍的亞絲娜來到奔跑著的我左側。

只在一瞬間將視線移過去，烙印在纖細脖子上的漆黑圓環就映入眼簾。但亞絲娜的側臉感覺不到一絲恐懼。只把催動到極限的集中力寄宿於眼裡，以讓人想起「閃光」綽號的閃電速度往落下點前進。

姆塔席娜搭乘的鳥是長著黑色羽毛的猛禽類。雖然仍不知是鷲還是鷹，但尖銳的爪子與鳥喙應該有不容輕忽的攻擊力吧。不過現在似乎讓掉落速度減緩就已經用盡全力，看來可以不用把牠當成敵人。目標就只有姆塔席娜一個人。從鳥背上降落到地面的瞬間就發動攻擊。

我邊跑邊計算發動劍技的時機。

腦袋裡映照出數秒後的情景。巨鳥猛烈撞上河灘前姆塔席娜就從牠背上跳下、著地並且將法杖插到地面。為了在著地的同時讓音速衝擊命中，腦袋裡開始倒數計時。七、六、五……

這個時候。

一道小小的影子從落下的鳥上分離。姆塔席娜跳下來了。

「…………！」

我邊跑邊屏住呼吸。距離地面還有二十公尺以上。從那種高度落下的話，不可能平安著地才對。不把「俊敏」技能樹的「著地」能力提升到等級10，應該不可能毫髮無傷。

原本認為她或許有什麼減速方法，但姆塔席娜卻以比巨鳥還要快的速度一直線往下掉。不要說張開雙手雙腳來試圖增加空氣摩擦了，她是伸直身體，以右手將法杖朝落下方向伸去——

剎那間，我了解姆塔席娜的意圖了。身邊的亞絲娜也發出細微的聲音。

「嗚……」

兩人同時提升速度。我進入音速衝擊，亞絲娜則進入流星的發動姿勢。長劍與細劍同時纏著特效光，尖銳的振動聲響起……但是在踢向地面之前，姆塔席娜右手法杖的金屬箍就直接擊中河岸上一顆特別大的石頭。

「喀啊啊啊嗯——————！」的槍聲般衝擊音響起，石頭整個裂成兩半。

姆塔席娜的手離開法杖，魔女從右肩跌落到河灘，整個反彈後翻了好幾圈才倒下。

刻畫在我跟亞絲娜脖子上的紋樣——「不祥者之絞輪」發出藍紫色光芒。

某種黏稠物體塞住氣管。無法吸入以及吐出空氣。原本再也不想嘗到的極真實窒息感。

——無視它吧！這是錯覺！

以所有的意志力這麼告訴自己，同時發動了音速衝擊。旁邊的亞絲娜雖然姿勢有些紊亂，但還是成功發動了流星。

前方穿白色斗篷的魔女姆塔席娜正在撐起上半身。「絞輪」應該豎起攻擊旗標了吧，頭上出現紡錘型浮標。雖然用法杖插在石頭上抵銷了一部分落下衝擊，ＨＰ還是只剩下兩成左右。

音速衝擊或者流星其中之一擊中的話就能打倒她。

「…………嗚！」

隨著無聲的咆哮，我閃爍著綠色光輝的劍往姆塔席娜的左肩口揮下。

必殺的劍尖即將命中依然低著頭的魔女……在那之前。

以迅雷不及掩耳的速度衝到眼前來的黑影，以細細的長劍擋住了我的劍。旁邊也有另一道影子擋住亞絲娜的細劍。兩道金屬聲尖銳地傳遍現場，橘色火花照耀出人影。

裝備黑色皮革鎧甲，戴著同色皮帽的嬌小女性劍士。是假想研究社的碧歐拉與黛雅。好強的臉上散發強烈的敵意，正狠狠回瞪著我。纖細脖子上有著閃爍藍紫色光芒的圓環。兩人的呼吸應該都停下來了，卻為了保護姆塔席娜而從河裡面衝出來。

我跟亞絲娜的劍技特效開始閃爍然後消失。

同時窒息的痛苦也達到界限，我當場跪了下去。左手邊的亞絲娜也癱到地上。雖然想著至少要讓亞絲娜逃走，遲了一瞬間後碧歐拉跟黛雅也蹲了下去。就連應該知道魔法效果的假想研究社成員，似乎也無法承受這種痛苦。

這也不能怪他們。即使頭腦清楚現實世界的肉體還在持續呼吸，無法吸氣的根源性恐懼還是讓手腳麻痺，並且奪走思考能力。心跳數急遽上升，耳朵深處的血流激烈脈動。

拚命看向背後，發現追上來的伙伴們都跪在河灘上或者是倒下來了。連巴辛族、帕特魯族以及寵物們都毫無例外。脖子刻畫著「絞輪」的小黑、阿蜥、米夏縮起身體痛苦的模樣讓我無法正視。

右側河川裡近百名玩家們再次倒入水中不停地掙扎著。由於沒有人可以出聲，能聽見的就只有潺潺流水聲與終於墜落到河灘上的巨鳥虛弱地拍動受傷羽翼的聲音。

安靜的地獄中央，姆塔席娜緩緩站了起來。

她以右手握住依然插在破裂石頭上的法杖，將其從地面抽出。鑲在杖頭的寶石，發出跟

「絞輪」同樣詭異的藍紫色光芒。

姆塔席娜以左手摘下兜帽，以外露的美麗容顏環視周圍。她的長相果然跟作為替身的女性玩家十分相像，但本人則帶著某種不食人間煙火的氣氛。

再次看向正面的魔女，發現她顏色淡薄的嘴唇浮現些許微笑。

「真的很了不起喔。」

如此呢喃完就走到我跟亞絲娜面前。在承受著痛苦的碧歐拉與黛雅身後停下腳步，再次開口說道：

「雖然認為你不會做出躲在據點裡的無趣對應……沒想到竟然阻絕河川。工藝機能連那種工程都辦得到嗎？你們的作戰完全超乎我的想像。原本在完全攻略這款遊戲前不打算受到一成以上的傷害，從飛行用騎乘動物上跳下來後卻差點死亡。」

姆塔席娜發出愉快的輕笑聲，這時她的臉分裂成兩個，然後再次重疊。這是「絞輪」的視覺特效嗎，還是肉體的大腦分泌大量腎上腺素所致呢？明明現在砍過去就能打倒姆塔席娜，握住劍的右手卻完全無法用力。忍受著窒息感帶來的恐慌，讓身體靜止下來就已經用盡全部的心力。

身邊的亞絲娜也用左手按住喉嚨，右手則撐在河灘的沙子上。看見她這種樣子的瞬間，就再次湧起對姆塔席娜的憤怒，但是那也被窒息的痛苦覆蓋過去了。

我原本認為姆塔席娜不論擁有再怎麼恐怖的魔法，也不過是Unital ring的一個玩家罷了。冷酷的手段與言詞只是她的遊戲型態。但我太天真了。站在眼前的女人不是在扮演「邪惡的魔女」。她不是以VRMMO玩家的身分，而是從跟我們完全不同的次元來挑戰這個世界。

像是看透在我內心擴散開來的畏懼感一般，姆塔席娜如此宣告。

「那麼，差不多快到極限了吧？以前實驗的時候，沒有任何人能夠打破三分鐘這道牆。從絞輪逃脫的方法只有一個，也就是登出。只不過，那個時候毫無防備的虛擬角色會殘留下來就是了。」

她像要吊我們胃口一樣，悠悠晃動著長法杖的金屬箍。只要讓那根法杖敲向地面，這種痛苦就會結束。

突然間，姆塔席娜的微笑消失。以超然的表情往下看著我一陣子，然後宣告。

「『黑衣劍士』桐人、閃光『亞絲娜』。以結束這種痛苦作為交換，宣誓效忠於我的話，就把劍柄遞過來吧。」

就系統上來說是毫無意義的行為。就算這時候把劍交出去，之後隨時都可以抹掉姆塔席娜的脖子。

但是，我跟亞絲娜，在個性……不對，信念上都無法這麼做，我想伙伴們大概也是一樣。一旦宣示忠誠來換取饒命，今後就只能為她鞠躬盡瘁了。姆塔席娜就是連這一點都看透了，才會要求「劍的誓言」。

——到此為止了嗎？

不能讓亞絲娜、伙伴以及結衣繼續暴露在這種難以忍受的痛苦之下了。

好不容易用幾乎沒有感覺的右手抓住劍柄，準備將其抬起——

這個瞬間。

聽見右側傳來啪嚓的水聲，接著是輕快的腳步聲。姆塔席娜迅速移動臉龐。我也死命將緊繃的虛擬角色轉向右邊。

長長黑髮與白色洋裝撒下大量水滴跑著的是……結衣。

她帶著毅然的表情朝姆塔席娜衝去。雖然沒有拔劍但是雙手帶著紅光，纖細的脖子上閃爍著「絞輪」的藍紫色光芒。

結衣雖然是ＡＩ，但是能透過虛擬角色接受五感的情報。其中也包含了炎熱、寒冷以及痛楚，跟人類一樣會感覺到愉快以及不舒服。那就是茅場晶彥設計的ＡＩ最為根幹的部分，停止呼吸的話應該會感覺到跟我們同等級的痛苦而無法動彈才對，結衣自己曾經這麼說過。但為什麼現在……

看見結衣的姆塔席娜用力往後飛退一步後，把長法杖抱在右邊腋下，試圖用雙手做出暗魔法的手勢。但或許是右臂無法大幅度移動吧，只見她的動作相當僵硬。

看見這一幕的結衣，隨即用發出紅光的雙手做出拉弓的動作。往前伸的左手和拉到肩口的右手之間出現細長的火焰。那是火魔法的初期技「火焰箭」。

結衣一邊疾奔一邊瞄準目標後，毫不猶豫地握緊雙手。

隨著「咻啪！」的聲音發射出去的箭，擊落姆塔席娜重新握好的法杖。箭隨即變成大量火屑並且四散。跟我的「魔法破壞」同等的技巧——但是暗魔法的手勢遭到中斷，也沒有重新輸入的時間了。

將距離縮短到剩下三公尺的結衣，拔出左腰的短劍後，全力往地面踢去。

「呀啊啊啊啊啊！」

稚嫩卻凜然的吼叫聲。小小的身體在空中後仰到極限，施放渾身的斬擊。

面對結衣的姆塔席娜，舉起雙手拿著的法杖來抵擋結衣的劍。

「鏘——！」的金屬聲響起。白色火花飛濺，照耀著兩人的臉。

在姆塔席娜法杖前端發亮的寶石，藍紫色光芒一瞬間閃爍了一下。同時塞在我喉嚨深處的黏稠物體也微微震動。「絞輪」與那根法杖果然是連動的。

暫時拉開距離的結衣，一著地立刻又砍殺過去。這次沒有大動作揮舞，而是使出令人眼花撩亂的連續攻擊。姆塔席娜則是用法杖確實地抵擋這些攻擊。

結衣的劍技不知道什麼時候已經進步到令人驚愕的地步。一定是我跟亞絲娜在學校上課的期間，跟愛麗絲拚命練習的成果吧。劍勢可以感覺到跟那名騎士相同的風格。

但可惜的是，招式正確過頭了。

這本身不是一件壞事。反而可以說是熟習的捷徑。假動作與欺敵等花招等之後再學就可以了。

但是愛麗絲端正且豪壯的劍技是建立於驚人的速度與重量之上。結衣的劍技在速度上已經足夠，但是重量就不行了。所以魔法師姆塔席娜也能夠輕鬆地處理她的斬擊。

姆塔席娜擋住結衣的上段斬——看似如此，其實是用首次披露的步法迴避攻擊。結衣的劍揮空，身體失去平衡。這時候姆塔席娜以左腳使出膝擊。在附加金屬板的長靴保護下的膝蓋反擊結衣的胸口，把她嬌小的身體轟飛。

對姆塔席娜以及無計可施的自己產生的憤怒飆升到極限，視界再次模糊成雙重。

身邊的亞絲娜明明氣管應該堵塞了，還是發出低沉的吼聲並試著要站起來。但是再次往前撲倒在地上。所有感覺遭到窒息感支配，沒辦法順利地操作虛擬角色。

從背部掉落在河灘上的結衣，發出「啊嗚」的細微悲鳴。剛才那一擊，讓她損失了近兩成的ＨＰ。但是她只停下動作短短一秒就立刻站起來。以左拳擦拭臉上的沙子，然後再次舉起短劍。

原本一直面無表情來對應攻擊的姆塔席娜，嘴角因為不愉快而扭曲。右手依然握著法杖的她，左手伸進斗篷內拔出一把細細的匕首。像時鐘的時針般銳利的刀身，在法杖綻放的燐光照耀下發出冷冽光芒。

她打算殺了結衣。

我一邊抵抗著肺部快被燒爛了般的窒息感，一邊死命想著。

沒辦法只靠骨氣站起來。必須想辦法讓窒息感遠離幾秒鐘才行。以更強烈的感覺，比如說痛覺來覆蓋過去？不對，這個世界的疼痛比不上Underworld，而且根本無法握劍。雖然好不容易才能運動雙手，但最多也只能彎曲手指……

一個點子在腦袋中心發出啪嘰聲並且開始放電。

沒有能順利成功的保證。失敗的話可能我會因為AmuSphere的安全裝置而自動斷線。但也只有放手一搏了。

雙手手指僵硬地張開，做出握住球般的形狀再以指尖接觸。這是腐屬性魔法的發動手勢。好不容易輸入成功，雙手開始帶著灰綠色特效光。

視界邊緣的結衣再次舉起短劍，見到她這種模樣的姆塔席娜轉換成反手握住匕首。

還不行。我的計策不能讓姆塔席娜注意到。蹲在眼前的黛雅為了忍受窒息而緊閉著雙眼，所以沒有注意到魔法的特效光。我以黛雅的身體作為盾牌，同時計算著時機。

結衣嬌小的身體前傾到極限，並且把劍往右後方拉。這是下段突擊技「憤怒刺擊」的預備動作。劍身開始帶著水藍色光輝，尖銳的振動聲讓空氣產生震動……

——就是現在！

我把嘴巴張大到極限，然後將雙手朝向該處。由於是零距離所以不需要調整瞄準。握緊雙手後，維持住的灰色球體——腐魔法的初期咒文「腐臭彈」隨著恐怖的聲音發射到我的嘴裡。

首先是一股絕對比至今為止的人生裡所聞過的所有氣味都還要糟糕的惡臭痛擊鼻子，接著是宛如將絕望本身熬煮過後的味道在嘴巴裡整個擴散開來。我滲出眼淚，胃整個絞痛。具壓倒性的嘔吐感從腹部深處往上湧，頓時將喉嚨內部的堵塞感轟飛。雖然不至於能夠呼吸，但全身的麻痺都消失了。

能動了。

「唔……喔喔喔喔啊啊啊啊啊啊啊！」

我把嘔吐感變成吼叫，同時握住長劍，從蹲姿直接跳了起來。

飛越黛雅的身體迫近姆塔席娜。立刻看向這邊的魔女，一瞬間瞪大雙眼，一個反射性動作舉起右手的法杖。

我從咬緊的牙縫中撒下灰色光芒，同時在空中舉起劍來。進入劍技「垂直斬」發動姿勢的瞬間，劍本身就告訴我「還能繼續」。擺出更大的動作後，劍就更強烈地振動起來。

「喔喔喔喔！」

再次怒吼之後，我就發動應該剛剛滿足熟練度條件才解鎖的垂直四連擊技「垂直四方斬」。

姆塔席娜以長法杖擋下從上段的初擊。刺耳的衝擊聲響起。劍身陷入法杖的柄將近一公分，寶石雖然劇烈地閃爍，但不至於將其切斷。如果是「垂直斬」的話，我的側腹部應該嘗到匕首的反擊了吧。

第二擊、第三擊是從上下的突刺技般連續攻擊。姆塔席娜旋轉著法杖來擋下這兩記攻擊。從反應的速度來看，她應該知道垂直四方斬這招劍技。但是，我還是不顧一切把渾身力道灌進第四擊的直向砍劈。

姆塔席娜丟棄左手的匕首，以雙手橫向舉起法杖。

瞪大的漆黑眼睛裡映照出劍技的藍色閃光。

我的目標不是法杖，而是朝魔女的眉間把劍揮盡。

沒有產生之前那樣的強烈衝擊。相對地劍隨著「喀！」的清脆手感一路砍到地面附近，擴張的威力呈放射狀捲起沙塵。

一瞬間的寂靜。

姆塔席娜的左手與右手連同握著的法杖一起往兩邊分離。

從被砍成兩半的法杖切斷面迸出黑色火焰，接著立刻蔓延到整枝法杖。原本發出藍紫色光芒的寶石發出沉悶聲音後碎裂，其碎片也在空中燃燒殆盡。

接著從姆塔席娜的額頭飛濺出紅色傷害特效光。魔女把燃燒的法杖丟棄後，以左手按住眉間附近並且踉蹌地退後。

技後僵硬中的我也從脖子迸發熾熱火焰。直覺「絞輪」燃燒殆盡的瞬間，喉嚨深處的異物感就像作夢一樣消失了。

「呼……」

先把肺部清空之後，我就貪婪地吸著冰冷的新鮮空氣。嘴裡還殘留著「腐臭彈」的味道，但是空氣的美味幫忙把惡臭覆蓋過去了。雖然很想只專注於呼吸，但戰鬥仍未結束。後方近處的碧歐拉與黛雅，更後方沙洲上的馬濟斯與替身應該也從「絞輪」當中解放出來了。在被他們阻礙之前，無論如何都要想辦法把姆塔席娜從這個世界放逐才行。

灌注力道到握劍的右手後站了起來。

魔女依然按住額頭，以右眼一直凝視著我。

只露出一半的臉看不出憤怒或是憎恨。她的嘴唇甚至還露出些許微笑。我不認為她是在虛張聲勢……在這種狀況下，她仍隱藏著逆轉戰局的方法嗎？

突然後方傳來「鏘！」的尖銳劍戟聲。同時有聲音對我說：

「桐人，去吧！」

應該是亞絲娜獨自在壓制復活的碧歐拉與黛娜吧。其他的伙伴也為了牽制姆塔席娜軍的玩家而在河灘的水邊散開。現在不是我猶豫的時候了。如果姆塔席娜還有隱藏的王牌，就連同那個一起斬斷即可。

把劍往右後方拉，身體則往前傾。這是低空突進技「憤怒刺擊」的架式。失去法杖與匕首的姆塔席娜無法防禦這一擊。

魔女的臉上依然帶著微笑。我凝視著她讓人聯想到宇宙深淵的眼睛，同時準備發動劍技的時候。

濃密的煙從左後方湧至，把我的視界覆蓋成一片黑色。

沒有任何氣味，也不覺得呼吸困難。與其說是煙霧，倒不如說是沒有媒介物的純粹黑暗。

突然間，感覺到左側有某個人的氣息。同時傳來聲音。

「這次就老實地稱讚你吧，桐人。下次再見了。」

是原本應該在後方沙洲的暗魔法使「老師」，也就是馬濟斯的聲音。雖然中斷憤怒刺擊用劍大動作往左側橫掃，但卻沒有擊中的手感。

「大家先別亂動！」

我對伙伴們做出這樣的指示，然後等待黑煙消失。如果這是由魔法所發出，那應該不會持續太久才對。

果然正如我所料，黑暗在十秒鐘左右開始變淡。如果馬濟斯所說的不是謊言，那麼他應該跟姆塔席娜一起脫離了，不過應該還在近處。當星光回復到五成的瞬間，我就朝姆塔席娜原本待的地方衝刺。

但是已經看不到魔女以及馬濟斯的身影。視線拚命從河灘的上游方向朝往西側的森林，最後再移到下游，但是都無法發現像是人影的東西。看起來簡直就像是跟黑影一起消失了一樣。

「……桐人。」

聽見緊張的呢喃聲，我就回過頭去。確認拿著細劍的亞絲娜幾乎沒有受到傷害後就問道：

「碧歐拉跟黛雅呢……？」

「被煙霧捲入的幾十秒之間消失了。應該還走不遠才對……」

「我想也是……」

也有可能欺瞞魔法分為兩個階段，目前仍躲藏在附近的某個地方。雖然找遍岩石以及樹木遮蔽處有可能會發現，但艾基爾與克萊因他們正拿著武器與殘留在河裡的近一百名玩家對峙，在這種狀況下根本沒有時間去做這種事。

不對，現在最重要的是……

似乎跟我有同樣想法的亞絲娜，同時跑向呆立在河灘正中央的結衣身邊。

「結衣！」

「結衣！」

異口同聲地如此呼喚後，右手依然握著短劍的少女身體震動了一下才看向這邊。被砂石弄髒了的臉上浮現孩子氣的笑容。

「爸爸、媽媽！」

我跟亞絲娜蹲下來迎接跑近的結衣，然後用力抱緊她。

雖然為什麼在「絞輪」的影響下還能動仍是個謎，但之後有無數的時間可以提問。沒有結衣如此拚命的話，我們不是投降於姆塔席娜，就是已經被殺害了。

抱緊她後不知道過了幾秒。

突然感覺周邊的空氣鬆懈了下來，我便抬起頭。一看向河川，才發現幾乎所有姆塔席娜軍玩家不知道什麼時候都放下了武器，以愕然的表情看著我們。

我在這群人中找到霍格的身影後站起身子。他們也差不多該理解，既然已經解除「絞輪」就沒有戰鬥的理由了吧。但是除了從三天前就處於戰爭模式之外，還被我們的陷阱害得遭河水沖走，所以意識應該沒辦法那麼簡單就切換過來才對。首先必須由跟領隊霍格慎重的對話開始才行。

朝向河川走出一步時才想起某件事，於是往下游的沙洲看去。

但是該處已經看不見被我推倒的替身了。

8

巨大的鳥喙以猛烈速度奪走右手戰戰兢兢遞過去的Life Harvester生肉後，直接一口吞下。
下一個瞬間，左側的小黑像是很不滿般發出「嘎嗚」的低吼，於是也給牠一份肉塊。結果這次換成有著鳥喙的猛禽類發出「嗶咿！」的鳴叫聲，我便急忙又遞出一塊肉。
幾乎跟小黑有著同樣體格的這隻鳥，專有名稱的漢字是寫做「鈍色尾長鷲」，正如牠的名稱一般羽毛是深灰色，兩端的尾羽長到拖地。嘴巴與鉤爪的顏色比羽毛更濃，幾乎可以說是黑色了，但只有尖銳的前端部分是藍色。
被姆塔席娜他們丟在河灘上的這隻鳥，當我結束跟霍格他們的交涉時HP已經快要耗盡。即使如此還是遵從薄情主人的命令，試圖要攻擊靠近的我們，原本覺得乾脆給予最後一擊賞牠一個痛快，但結衣卻主張應該救牠。
由於今晚的MVP絕對是結衣，所以實在無法駁回她的請求。沒辦法的我只能在受傷的覺悟下靠過去遞出生哈貝肉，一開始時牠看都不看只是不斷用鳥喙發動攻擊，我一邊迴避一邊持續固執地遞出肉之後，鷲鳥——或許應該說系統終於認輸，出現了馴獸計量表。

幸好哈貝肉還有大量庫存，所以就盡量讓牠吃來一點一點提升計量表，終於馴服成功時已經過了二十分鐘。這段期間不只是眾伙伴，連超過八十人的姆塔席娜軍玩家也一直注意著整個過程，當我因為成功而握緊拳頭的瞬間就響起了盛大的拍手與歡呼聲。

實在沒有辦法馬上就跨坐上去飛到天空，於是與在場所有人——當然還有從束縛當中解放出來的弗利司柯爾——一起從森林移動到拉斯納利歐，然後再次在廄舍前的廣場舉行宴會。前姆塔席娜軍，也就是「攻略組」的眾人以極快的速度掃光烤哈貝肉與哈貝燉肉，當然我們、海咪等人還有巴辛族、帕特魯族也不輸給他們直接大吃了起來，原本以為肉會就此用盡，結果宴會結束後一詢問主廚亞絲娜，她竟然說出「今天晚上才終於消費了兩成左右」的恐怖發言。

嗯……仔細一想，The Life Harvester的全長超過二十公尺。如果牛的體長是兩公尺左右，那就是可以裝入排成兩排總共二十頭牛的尺寸。記得曾經在某本書看過一頭牛可以製成一千人份的烤肉，Life Harvester就是兩萬人份……想到這裡就覺得兩次宴會就能消費兩成，已經算是卯起來大吃了吧。

由於昆蟲組提供的啤酒上次已經喝完了，克萊因總共說了十次左右「如果還有啤酒就好了」，不過就算沒有虛擬酒精飲料宴會還是非常熱絡。由於霍格、迪柯斯和茲布羅他們都有不是完全攻略Unital ring，就是到死前都遭到「絞輪」威脅的覺悟，所以應該獲得了筆墨難以形容的解放感吧。當然我也是一樣。

唯一令人擔心的是，不只有姆塔席娜，連「假想研究社」的其他成員都逃走了。雖然破壞了長法杖，應該再也無法使用那種恐怖的窒息魔法了才對，但我不相信那些傢伙會就此放棄攻略Unital ring。感覺將來又會用完全想像不到的手段來阻礙我們。

嗯……只能等那時候再說了。下次絕對不讓結衣、亞絲娜以及伙伴們承受痛苦了。

在飄盪著宴會餘韻的廣場角落，當下定這種決心的我給增加的兩隻寵物宵夜吃時，就聽見後面有腳步聲靠近。這種經常性壓抑腳步聲的走路方式是來自於——

「詩乃，辛苦了。」

我一邊轉頭一邊這麼說，以深綠色斗篷掩蓋暴露戰鬥服的槍使眨了一下眼睛後才點頭說道：

「你也辛苦了。已經讓霍格他們分散住到南區的建築物裡了。」

「房間……應該說床夠嗎？」

「還是有點不夠……所以莉茲當場製作了。因為有用不完的材料。」

「『粗劣的木頭與乾草床』睡起來不太舒服就是了……」

「反正只是登出而已，就算睡地板也沒關係啦。」

辛辣的評論讓我忍不住露出苦笑，接著才說出在宴會之間無法說出口的話。

「是沒錯啦。詩乃，剛才真的要謝謝妳。不是詩乃幫忙用毛瑟槍狙擊的話，姆塔席娜就不會掉落到地面了。」

抬起低下的頭後，詩乃就以複雜的表情看向附近的鈍色長尾鷲。

「其實我想瞄準的不是這個孩子而是姆塔席娜本人，但毛瑟槍實在辦不到。之後的戰鬥也完全派不上用場，至少要再提升一些命中的準度……」

「嗯……前GGO玩家在緩衝期間結束後都是用什麼樣的武器戰鬥？」

「網路上能查到的範圍，好像幾乎所有的玩家都還是用在起始地點的遺跡入手的十字弓或者Matchlock式槍械。」

「Matchlock式槍械……是什麼樣的槍……」

面對露出狐疑表情的我，詩乃老師開始流暢地解釋起來。

「就是所謂的火繩槍。嚴格說起來，跟我的槍一樣被分類成毛瑟槍，但火繩槍是Matchlock式毛瑟槍，我的則是Flintlock式毛瑟槍。兩者的發射程序都比現實世界的真槍還要簡略，但Matchlock式還需要在火繩上點火，所以比Flintlock式還要多花幾秒鐘的時間。」

「原來如此，火繩槍嗎……習慣GGO的雷射步槍的話，感覺會累積許多壓力呢……」

「因為那只靠一個能源包就能連射五十發或者一百發了。」

詩乃邊苦笑邊如此說著，但立刻就恢復認真的表情繼續表示：

「但是只要習慣操作，Matchlock式發射一發子彈的時間跟火魔法的『火焰箭』應該相差不到兩三秒。如果是數十人規模的集團就會構成威脅……GGO玩家的開始地點就在ALO玩家的左邊而已，所以朝世界中心前進的話，將來碰見的可能性相當高喔。」

「的確是這樣……在那之前，只能努力開發出可以抵擋子彈的盾牌或者鎧甲了。理想的情況是能跟霍格他們一樣建立起合作關係。」

「是啊。」

點頭的詩乃，視線朝向北北東的夜空——「極光指示之地」的所在方位。

「但是……雖然暫時建立起合作關係，一旦靠近終點的話……」

這時她就閉上嘴巴並輕輕搖了搖頭。我了解她沒有說出口的話——如果能完全攻略這款遊戲的只有一支隊伍，甚至是只有一名玩家的話，至今為止互相合作的人們到最後還是得用某種方法決定出獲勝者才行。不論是靠商量、抽籤、猜拳或者是姆塔席娜所預言的互相殘殺。

「……到了那個時候，一定能找到正確的方法。」

我對詩乃點點頭後，給了鈍色長尾鷲最後的肉塊。像是感到很美味般整塊吞下的鳥，滿足地叫了一聲「嗶咿」，接著我沒多說什麼牠就開始朝後方的廄舍走去。同樣填飽肚子的小黑也追了上去。

「……你要幫那隻鳥取什麼名字？」

「咦？嗯……」

背琉璃暗豹因為毛皮是黑色這個理由而取名為小黑，如果採用同樣的規則，那羽毛是灰色的鳥就會變成「小灰」，但感覺這樣又會被莉法他們調侃「太單調！」了。

「……灰色有什麼其他的稱呼嗎？」

一對詩乃這麼問完，興趣不愧是閱讀的她就說出好幾個答案。

「鼠色、薄墨色或者鉛色之類的。」

「鼠色、薄墨色……啊，鉛色不錯呢。何況牠還被詩乃的鉛彈擊中了。」

「不是說了並非故意瞄準牠的嗎？」

右肩被輕輕捶了一下，我說了句「抱歉抱歉」後，就開口呼喚舉步離開的猛禽類。

「喂，你的名字就叫做『小鉛』喔！」

結果鷲鳥就轉頭看向我，宛如要表示「雖然很老土但也沒辦法只好接受了」般發出「呦咿」的叫聲。

從隔天的十月二日開始，拉斯納利歐就以遠超乎我想像的速度開始發展。

首先在馬魯巴河東岸鋪設了寬三公尺的木板棧道，至今為止往來於斯提斯遺跡只能走在凹凸不平石頭河灘上，現在則有了飛躍性的進步。

拉斯納利歐的南區也開始正式營業，不知道該說是意外還是幸運，昆蟲國度組與霍格組的玩家願意幫忙擔任旅館、雜貨店等等的店長，已經不需要到斯提斯遺跡去僱用NPC——雖然尚未驗證能否辦到這種事就是了。

當然「莉茲貝特武器店」也在南區開幕，雖然排列著莉茲謹製的武器與鎧甲，但是鐵礦石依然是貴重物品，所以「高級鐵」系列還是相當昂貴。亞絲娜、愛麗絲、莉法雖然裝備著往上一級的「鋼」系列武器，不過作為素材的「高級鋼鑄塊」，是把我的繼承武器黑色鞭痕熔掉後才入手，因此目前仍無法製作。

雖然莉茲貝特強烈表示需要鐵礦石的安定供給，但目前得知的產地裡出產量最豐富的是馬魯巴河下游的「瀑布後的洞窟」。已經確認過洞窟內部也可以建設，最近想在那裡建造可以加工鑄塊的廠房，但不論做什麼都需要人力。我們的隊伍也沒辦法把心力都耗費在拉斯納利歐的營運與擴大上。城鎮怎麼說都只是為了前進世界中心的橋頭堡。

沒錯。九月二十七日晚上開始遊戲後經過了五天，我們終於準備好從圓木屋的墜落地點往東北——「極光指示之地」前進了。在前ALO玩家裡應該是最先出發的，不過也無法得知來自其他世界的玩家有多麼靠近終點。只能以目前的裝備與能力值盡可能前進了……只是，在那之前我有一件事一定得先弄清楚。

再過一天——十月三日星期六。

我在早上五點離開位於川越的家，在七點前來到位在港區的RATH六本木支部。

9

「早安，桐人小弟。」

在大樓五樓的安全門前迎接我的神代凜子博士仍有點想睡的樣子，於是我便深深低下頭。

「早安。真的很抱歉，讓妳這麼早就來上班。」

「沒關係啦。我家就在附近。」

「凜子小姐，妳住在哪裡呢？」

六本木的房租應該很貴……這麼想的我一開口這麼問，神代博士就把右手手指朝向走廊的天花板。

「往上兩層樓。」

「原……原來如此……離家真的很近。」

「還有兩個空房間，將來到ＲＡＴＨ就職的話你也可以來住。」

「喔……咦咦？」

明明沒有跟神代博士提過將來想到ＲＡＴＨ就職的事情，當我感到慌張時，博士只是露出謎樣笑容就沒有再多說些什麼，直接朝著微暗的走廊前進。

已經見慣了的ＳＴＬ室裡空無一人。

這次的Underworld調查，亞絲娜與愛麗絲也預定要同行，但集合時間只有我提早兩個小時。這是因為上次潛行時我登出的位置跟亞絲娜她們距離很遠，所以必須先移動到她們兩個人應該會登入的座標。只要不引發麻煩，移動本身根本花不到三十分鐘，但上次既然連續發生那麼多意料之外的事情，這次就不能太過樂觀。要盡量不引起注意，悄悄地走在道路邊緣回到目的地——阿拉貝魯家的宅邸才行。

我對自己這麼說，同時脫掉上衣躺到兩台並排的ＳＴＬ其中一台裡面。神代博士操作平板電腦後，軟膠床就自動調整密度來吻合我的身體。

「已經說過好幾次了……」

我搶先一步把博士說到一半的話說完。

「安全第一對吧。我知道，有什麼事的話會立刻用這個下線。」

我舉起左手，僵硬地實際演練將小指、中指、拇指、食指依序摺疊起來的手勢，博士看見了就微微苦笑，然後立刻又嚴肅地說：

「真的拜託喔。這次再發生什麼事情，我都不知道該怎麼跟你父母親交代了。」

「謹遵吩咐。我們家就算了，亞絲娜她老爸可能真的會告我……」

「跟ＲＣＴ的前ＣＥＯ打官司的話，就連菊岡二佐都沒辦法輕輕鬆鬆地躲開了吧。」

「……話說回來，那個人公務員的身分如何了？還在銀座悠閒地吃蛋糕耶，菊岡誠二郎二等陸佐應該死在Ocean Turtle裡了吧？」

我突然這麼一問，神代博士不知道為什麼就以傻眼的表情聳了聳穿著白袍的肩膀。

「這我沒辦法告訴你。今天傍晚他說會過來露臉，見到的話你直接問他吧——準備好了嗎？」

菊岡笑瞇瞇的模樣浮現在腦海，用力把它推開後，我就點頭表示：

「好了，隨時可以。」

「那要出發嘍。要記住，順利移動到目標地點的話要立刻登出，知道了嗎？」

「了解了。」

博士雖然一瞬間露出懷疑的表情，但還是默默點擊平板電腦的畫面。

ＳＴＬ的頭罩滑下來包裹住我的頭。

彷彿滾滾而來的海浪般不可思議的聲音，把我的意識——搖光從現實世界切離，帶到那個遙遠的世界去。

被炫目的光之隧道吸進去的我，再次回想起上次登出時的狀況。怎麼可能忘記……在帶著十字圓標誌的亮黑色高級車後座，正準備跟自稱「整合機士團長」的謎樣男子握手的那個瞬間，因為現實世界的切斷操作而遭到強制登出。

…………不對，等一下。

至今為止都沒想到，這就表示，我會出現在——

「唔喔！」

睜開眼瞼的瞬間，我就發出短短的悲鳴。

這是因為正面有一台巨大卡車發出轟然巨響往這邊衝過來的關係。原本立刻想展開心念障壁，最後還是忍住了。要是造出那種東西卡車就會撞扁，而且會被那個「心念計」偵測到，屆時警察先生——不對，是北聖托利亞衛士廳的衛士們又會衝過來了。

我的替代方案是往右邊飛退，不過沒有這個必要了。

「嗶嗶！」的哨子聲響起，卡車減速了。一看之下，卡車前面站著一名身穿灰色外套的男性，把右手拿著的指示棒打橫做出停車的訊號。

暫時停下來的卡車打了一陣子往右的方向燈，最後移動到旁邊的車道，從我左側駛離。鬆了一口氣的我再次確認目前的狀況。

我現在正呆立在單邊有三線道的幹線道路正中央。天空非常晴朗，但是日照的角度很淺。

Underworld的時間與現實世界同步，所以這邊也是剛過早上七點。冷冽的空氣當中，許多汽車——不對，「機車」通過左右的車道。在中央車道上行駛的車子都先被穿灰外套的男性擋下來，然後往左右的車道移動。

上一次我是在行駛的車子中登出。所以下次潛行時當然也會出現在車子當時行駛過的場所，不過我完全沒有想到有其他車子在行駛的可能性。但這個世界的某個人確實預測到這種狀況，並且幫忙配置了指揮交通的人員。

仔細一看之下，我所站的地點前後左右都被塗成黃色的竿子與鍊子嚴密地包圍起來。上次登出是在九月三十日的傍晚五點十分左右，竟然為了不知道何時才會回來的我，持續在幹線道路的正中央進行了六十個小時以上的通行管制。

為了表達感謝之意，我走近背對這邊的灰色外套男性，然後對他搭話：

「那個，抱歉……」

下一個瞬間，男人像彈起來一般回過頭來，以宛如看見幽靈般的表情沉默了三秒鐘後才呢喃：

「……沒……沒想到，是真的……」

「什……什麼？」

「不……不，沒什麼。我是北聖托利亞交通局的人。你是桐人先生吧？」

我對大約三十多歲，面容看起來耿直的男性輕輕點頭。

「是的。」

「那麼，請搭乘那邊的機車吧。」

男人邊說，左手邊指向側面。第一車道與寬廣步道之間設置了現實世界的歐美道路般的停車專用道，該處停著一輛深藍色塗裝的中型轎車。雖然側面看不見文字，但前門的正中央閃耀著銀色的十字圓。

「但……但我還有地方要去……」

「衛士廳的車馬上也會過來，到時候事情會變得很麻煩。請快上車吧！」

聽見對方堅定地這麼說，我也就沒辦法繼續反對。怎麼說這個人——當然是輪班制——都在寒冬中幫忙管制交通好幾天了。

「……我知道了。那個……真的很謝謝你。」

深深行了一個禮後，男性一瞬間瞪大了眼睛，但立刻精神抖擻地回禮。接著又用指示棒讓第一車道的車子停下來，於是我就急忙跨過鐵鍊，朝著深藍色車子跑去。從後側繞過去並且靠近之後，左邊的後車門就打開來，接著一道壓抑的聲音響起。

「請上車吧。」

事到如今也不是能夠問東問西的狀況了吧。由於亞絲娜與愛麗絲是預定在上午九點潛行，不論如何只要在那之前移動到阿拉貝魯家就可以了。

甩開猶豫滑進後車廂，門就自動關了起來。由於車裡面只有駕駛一個人，所以應該是跟現實世界的計程車一樣，是可以從駕駛座開關的構造吧。

我坐到位子上的瞬間，機車就打了右邊的方向燈，平順地開始發車。從不需要發動引擎，只要踩油門熱素就會產生反應開始行駛這一點來看，它比較像是電動車而不是汽油車。原本認為現在Underworld的文明水準大概跟現實世界的第二次世界大戰時期差不多，但只是沒有電腦，除此之外的技術可能還比現實世界進步一點。

我呼出一口氣後，看向自從第一句話說完就一直保持沉默的駕駛。

與車體相似的深藍色制服，跟上次潛行時從衛士廳偵訊室把我救出來的絲緹卡．休特里涅與羅蘭涅．阿拉貝魯所穿的一樣，但側臉與兩人皆不相似。應該說，從聲音聽起來大概是年輕男性吧。

當我想著這些事情，駕駛突然再次開口說道：

「失禮了。我是隸屬地底世界宇宙軍整合機士團的拉吉．克因特二級操士。奉命帶領桐人先生前往宇宙基地。」

「您……您好。我是桐人。」

很可惜的是沒有能加在名字前面的階級名稱，不過「隸屬歸還者學校的二年級學生」實在不怎麼威風，然後絕對不想自稱「黑衣劍士」。嚴格說起來，我還是北聖托利亞修劍學院的上級修劍士第六席時就被愛麗絲逮捕帶走了，所以沒能畢業，何況是兩百年前的事情，學籍應該早就被刪除了吧。

也不清楚二級操士在機士團裡究竟是什麼樣的階級，拉吉看起來一板一眼的側臉，也感覺不到會陪我閒聊的氛圍。把視線移向車窗，望著周圍奔馳的大小機車十秒左右，我終於注意到一件事。

「咦……您剛才說要去宇宙軍基地對吧？基地不是在聖托利亞外面嗎……？」

從後座探出身子這麼問完，拉吉就維持看著前方的姿勢點頭表示：

「是的。由於路上車有點多，我想大概要花三十分鐘左右。」

「那個……我九點之前要到阿拉貝魯家的宅邸才行……」

嵌在機車儀表板的小型時鐘顯示目前是七點二十八分。既然不惜管制交通也要找到我，就算八點抵達基地好了，我也不認為三十分鐘就能讓我離開，另外也無法保證對方願意開車送我到阿拉貝魯家。

但是拉吉二級操士卻以冷靜的口氣說：

「這件事我們也很清楚。應該有其他人去接桐人先生的同伴了。」

「啊……那……那真是謝謝了……」

雖然輕輕低下頭，但就算是這樣，在愛麗絲與亞絲娜她們潛行前還是得把這件事告訴她們才行。因此我必須先登出，不過說起來整合機士團的成員們，不知道對於我會突然出現又消失這件事情有多少認識呢？

嗯……反正緊急的時候不論從哪個地方都能夠脫逃。雖然不太想這麼做，但是我可以用心念穿越牆壁，或者用劍將其切開……

正當我想到這裡，才終於注意到自己兩腰是空空如也。

現在回想起來，在上次潛行快要被衛士們逮捕時，就把夜空之劍與藍薔薇之劍交給亞絲娜和愛麗絲了。跟她們兩個人會合的話應該就會還給我，但在那之前只能處於手無寸鐵狀態。如果這個世界有道具欄，馬上就能取出一把兩把三把四把劍了吧。很可惜的是並沒有這種方便的系統。

——都能叫出能力值視窗了，為什麼不乾脆也能使用道具欄呢？

我對在現實世界的比嘉健研究主任祈求這個曾經出現過的願望後，再次將身體靠到椅背上。

機車從貫穿北聖托利亞中央的幹道北上，穿越變得比我記憶中還要大的市街區後鑽過壯麗的閘門來到市外。

減少一個車道的道路直接往北延伸。左右是一片廣大的農地與放牧地，其深處的白色石灰岩巨牆反射朝陽後發出閃亮光芒。把人界分為四等分的「不朽之壁」——幾百年前由最高司祭亞多米尼史特蕾達建築的國境線，在這個時代依然殘留了下來。

道路左側那一片連綿不絕的農地中央時常發出藍色閃光的，應該是魯魯河的水面吧。然後微微浮現在正面地平線遙遠彼方的稜線是……包圍人界的盡頭山脈。

而盧利特村現在應該還是存在於它的山腳下吧。但那裡已經沒有我認識的人了。阿薩利亞修女、卡利塔爺爺、卡斯弗特村長……當然還有尤吉歐都不在了。

再度被鄉愁的大海嘯襲擊，我忍不住握緊雙手。

差不多得接受這個現實了。這個世界裡已經沒有任何一個我超喜歡的人。每次想起羅妮耶、緹潔、索爾緹莉娜學姊等人的事情就噙著眼淚會對任務造成阻礙。

而且正確來說，唯一有一個人還能再次見面。也就是愛麗絲的妹妹，賽魯卡·滋貝魯庫。她被施加了Deep freeze術式，在中央聖堂的第八十層等待著姊姊的回歸。

菊岡誠二郎委託我的任務是找出是什麼入侵Underworld以及其目的。但是在這之前，無論如何都想讓愛麗絲與賽魯卡再次碰面。因為愛麗絲就是靠那個瞬間支撐著心靈，才能持續在現實世界努力下去。

再次下定這個決心的同時，機車也打了往左的方向燈。

我們進入幹線道路的支線道，沿著平緩的左彎道流暢地轉彎。擋風玻璃前面出現巨大的建築物。

那是由複雜桁架支撐的台形金字塔。「似乎不是太高……」一瞬間雖然這麼想，但那是跟中央聖堂比較之下的結果，那座金字塔應該足足有一百公尺吧。

灰銀色外牆有八成是金屬，兩成是玻璃。即使在現實世界，那棟建築物想必也會給人近未來的印象。

「那就是宇宙軍的基地……？」

聽見我的呢喃後，拉吉就以隱藏不住驕傲的聲音回答：

「是的。」

「是誰策……不對，是誰設計的？」

「傳說是星王陛下本人。」

——出現了，星王！

嘴巴扭曲成微妙的角度，回應了一句「原來如此」。拉吉似乎瞄了一眼後照鏡，但沒有多說什麼只是駕駛機車繼續前進。

Underworld宇宙軍聖托利亞基地，除了台形金字塔狀司令部總廳舍相當巨大之外，用地本身也極為寬廣。

在莊嚴的正面閘門經過一些安全檢查後得以通過，然後似乎可以停下全聖托利亞機車的停車場深處就聳立著銀色的總廳舍。原本以為一定是要去那棟建築物，但機車在停車場前方往左轉，前進到用地的南側。

最後前方左側可以看見極大的水面。在腦袋裡叫出北聖托利亞郊外的地圖，判斷那應該是諾魯基亞湖。

湖的西側是一整片深邃的森林。往左與右各轉彎一次的機車，穿越新的閘門後進入森林。明明是早上卻顯得微暗，在蒼鬱樹林包圍的小徑行駛幾分鐘後，前方出現一扇老舊的鐵門。雖然看不見衛兵，但不知道是什麼樣的機關，機車靠近時門扉就自動往左右打開。通過該處後繼續行駛一陣子，森林突然變得開闊。

在直徑足有一百公尺左右的圓形用地中央，有一棟同樣看起來相當有年紀的宅邸靜靜聳立著。這樣的光景讓人聯想起我們那棟被賽魯耶提利歐大森林環繞的圓木屋，不過建築物的風情完全不同。宅邸是灰色堆石牆，屋頂也是黑色石板堆疊而成，雖是三層樓的建築窗戶卻很少，看起來有點像是碉堡。

但是設置在前院的花壇卻在冬天開出許多花，某種程度上減緩了宅邸給人的寒冷感覺。沒有那座花壇的話，我可能會開始懷疑對方是為了監禁或者暗殺才會帶我來此。

機車發出咚咚聲踏過磨平的石板路緩緩而行，在宅邸正面終於停了下來。時刻正如預告是八點整。

左側的門自動打開，拉吉同時說道：

「久等了，桐人先生。請下車吧。」

「開車辛苦了。還有，謝謝你在路上等我那麼多天。」

感謝對方的辛苦後，我就來到機車外面。

深深吸了一口混雜著森林味道與花朵香氣的空氣，轉換一下心情之後，宅邸正面就傳來開門的聲音。

看向該處的我，喉嚨反射性屏住原本要呼出的空氣。

橫越門廊走下短短階梯的是身上跟拉吉同樣的制服沒有任何皺褶，圓筒形帽子深深拉下，其下方還戴著白色皮革面具的瘦削男性。

整合機士團長，耶歐萊茵·哈連茲——

靴子鞋跟踩出喀喀聲的耶歐萊茵，一言不發地走到呆立於該處的我面前，以右手稍微抬起帽沿說：

「桐人，抱歉還是只能戴著帽子。就這個季節來說，今天天氣算是很晴朗了。」

說是晴朗也仍是寒冬，心裡這麼想之後，才想起三天前他在車裡說過的話。耶歐萊茵之所以用面具隱藏臉龐的上半部──應該是因為眼部附近的皮膚對索魯斯的抵抗力很弱。

「不會……沒關係，我完全不在意。」

邊把屏住的呼吸吐出邊這麼回答完，耶歐萊茵就露出些許微笑。一看見他玩世不恭感更勝於溫暖感的笑容，我才注意自己到對拉吉·克因特二級操士的口氣相當客氣，但是對於整合機士團長卻像是對朋友一般，不過他本人似乎並不在意。

從鑲在面具開孔處的薄玻璃底下眨了一下眼睛後，耶歐萊茵才隨性地伸出右手。

「能像這樣順利再次見面真的很高興。請多指教了，桐人。」

上一次準備回握這隻手的瞬間就登出了。心想「這次不會也一樣吧」的我忍不住猶豫了一下，不過仍未到神代博士強制斷線的時間。

「……請多指教。」

下定決心的我，回握住耶歐萊茵手指修長的手。

啪嘰一聲爆出火花，大量情報流入……並沒有這種情形出現。

有些冰冷的皮膚手感。不符合纖細外表的強大力道。感覺到的就只有這些。

耶歐萊茵的表情也沒有變化，短短一秒左右就鬆開手。視線朝我後方看去，開口表示：

「拉吉，任務辛苦了。菲古魯隊長就由我來聯絡，你可以回基地去了。」

轉過頭一看，站在機車旁的拉吉就迅速向耶歐萊茵敬禮，接著身體也朝向我，然後又回復原位。

「了解了。克因特二級操士現在回歸洋蘭中隊。」

放下右手搭上機車後，以順暢的迴車改變車子的方向回到來時的路上。看著遠去的車尾燈，我內心思考著「該如何回到聖托利亞去呢……」，不過現在也只能相信拉吉所說的，有其他車去迎接亞絲娜跟愛麗絲了。

「那麼，請往這邊。」

在耶歐萊茵催促下，我爬上通往宅邸正面玄關的階梯。

我被帶領到二樓東端的某間茶室般房間。微暗的走廊即使在白天也需要打開照明，但朝陽則從南方與東方的斜向格子窗照射進來，所以還算明亮。說是茶室，其實遠比桐谷家飯廳寬敞，家具也像中央聖堂那樣豪華。但是包含建築物本身的所有物體都像是骨董般老舊，實在不像是附屬於具未來感的宇宙軍總廳舍的設施。

雖然有一大堆事情想問，但耶歐萊茵讓我坐到窗邊的沙發上後就消失在隔壁房間。不久後飄出某種香味，不停刺激著我沒吃早餐的胃部。

不對，不論在現實世界有沒有吃過東西，應該都不影響在Underworld的空腹感才對。如此一來，現在我的搖光所寄宿的這具身體，距離上一次進食已經經過多少時間了呢？在阿拉貝魯家遭遇費魯西少年時什麼都沒吃，之後被帶到衛士廳也沒提供炸豬排飯。在限界加速階段後的首次潛行，當我出現在宇宙空間時，絲緹卡與羅蘭涅帶領我們到阿拉貝魯家，並且請我們吃了三明治般的輕食……那說不定就是我唯一的進食了。

這樣的思考盤踞在腦袋裡時，空腹感就升等為飢餓感，正當我開始浮現「以心念力把眼前並排在矮桌上的小東西之一變換成甜甜圈應該不會被發現吧……」這種沒有營養的念頭，耶歐萊茵終於再次現身了。

不知道什麼時候已經脫下長大衣與帽子。眼睛被他垂在面具上面的亞麻色頭髮吸引，遲了一會兒才注意到耶歐萊茵拿著上面放有杯子、熱水瓶與水壺的大型托盤。沒想到團長本人會幫忙準備茶水，我才剛從沙發上起身，聲音就立刻傳了過來。

「你坐著吧。」

沒辦法的我只能重新坐好。耶歐萊茵以純熟的腳步橫越鋪著地毯的地板，來到沙發組的一角。在矮桌角落放上托盤，把茶碟與茶杯放到我面前，接著倒下熱水瓶內的液體。這種與咖啡十分類似但稍微有點不同的香味是……懷念的咖啡爾茶。

耶歐萊茵也倒滿自己的茶杯，接著把熱水瓶放回托盤上，再將盤子擺在茶杯旁邊。盤子上就放著從剛才就不斷增幅我空腹感的味道源頭。那種烤成鮮豔金色，直徑約十公分左右的圓形點心，難道就是……

「這是……跳鹿亭的蜂蜜派？」

我的問題讓耶歐萊茵一瞬間停下手來，然後才回答：

「是啊，你竟然知道。」

「因為以前常吃啊。而且之前在車子裡也提到店名了。」

「不過很可惜的是，這是一個星期前買來冷凍的。」

「冷凍？但是怎麼熱騰騰的……」

帶著狐疑的表情這麼說完，坐在桌子右側單人沙發上的耶歐萊茵，面具底下的嘴巴就浮現苦笑。

「現實世界應該也有烤箱吧。」

「啊……噢，原來如此……」

「味道當然比不上店裡剛烤好的，不過我也花了許多時間研究重烤的程序。請嚐嚐看。」

在對方以右手推薦之下，我說了句「那就不客氣了」後，首先把冒著熱氣的杯子移到嘴邊。或許是意識被蜂蜜派所吸引吧，不等待剛倒下去的咖啡爾茶冷卻，直接就大口送進喉嚨裡。

「好燙！」

看見繃著臉的我，耶歐萊茵稍微露出傻眼的表情，拿起托盤上的水壺把冰水倒進玻璃杯並且遞給我。急忙讓喉嚨冷卻下來後道了聲謝，這次真的把手伸向蜂蜜派。雖然盤子上放了一把小小的叉子，但是用那種東西亂戳只會糟蹋它的美味。毫不猶豫地用手抓住後，我就大口咬了下去。

派皮的清脆口感、蜂蜜完全滲入麵糰後的甜味以及清爽的西拉魯香氣……跟兩百年前完全一模一樣。雖然跟在跳鹿亭的店頭買來吃的相比，派皮的口感似乎沒有那麼紮實，但這只是些微的差異。

專心吃完一半之後，我才隨著嘆息呢喃了一句：

「……真好吃。」

下一個瞬間，至今為止好不容易才壓抑下來的各種感情幾乎快要溢出，讓我的身體不由得震動了一下。

這個房間的諾蘭卡魯斯樣式的家具。咖啡爾茶的香氣與蜂蜜派的味道。以及——耶歐萊茵團長柔和的聲音、在冬日朝陽照耀下閃閃發亮的亞麻色捲髮。這一切都具備不由分說的力量來試圖掀開我記憶的蓋子。

想站起來伸出雙手，抓住耶歐萊茵的雙肩開口大叫「把你的面具摘下來讓我看看真面目」。還有「你到底跟尤吉歐有什麼關係」。

但是在即將爆發前，整合機士團長卻以他身上的某種東西把我按壓在沙發上。

那是透明、極薄，但是卻非常堅固的障壁般物體。從尤吉歐身上完全感覺不到的，絕對拒絕人靠近到某個距離以內的心靈之牆——

我擠出意志力，把吃到一半的蜂蜜派放回小盤子上，然後再喝一口咖啡爾茶。苦味與酸味搭配完全跟我……不對，是跟尤吉歐的喜好一模一樣。

「真好吃。」

再次呢喃同樣的話後，跟我同樣用手抓起派吃著的耶歐萊茵就呵呵笑了起來。

「以傳說的星王陛下來說，表現力會不會太貧乏了一點？」

「……沒有啦，都說我不是那麼偉大的人了。」

聳了聳肩後，我又繼續表示：

「也跟絲緹卡和羅蘭涅說過好幾次了，我沒有任何異界戰爭之後的記憶。甚至連住在哪裡都不記得了。」

「那麼，也就沒有否定的根據了吧？」

耶歐萊茵指出的重點讓我產生「說得也是」的想法，但急忙又開口回應：

「但……但是，所謂的星王就是統治兩個行星吧？怎麼想那都不符合我的個性。而且聽說星王跟星王妃的本名已經從所有紀錄中抹除掉了。但羅蘭涅她們跟你這傢伙，不對，跟團長先生為什麼還認為我是星王呢？還有……」

耶歐萊茵舉起右手來制止爆出一連串話來的我。

「稍等一下，一下子突然提出這麼多問題，我也無法回答吧。」

「啊……抱歉。」

為了讓心情冷靜下來，我把殘留在杯子裡的另一半咖啡爾茶一口氣喝盡。由於耶歐萊茵立刻又幫我倒了一杯，這次我就稍微加了一些奶油。當我望著在表面旋轉的大理石花紋時，突然感到有些奇怪。

「……這個小熱水瓶裡裝的不是牛奶而是奶油吧。Underworld有生奶油嗎……？」

「據說發現製法的就是星王夫婦喔。」

「……這……這樣啊。」

「還有，叫我的時候用耶歐萊茵或者你這傢伙就可以了，不用特別稱呼團長先生。何況我也直接叫你桐人。」

「啊，沒有啦，剛才是不小心就……」

原本以為是委婉諷刺的我正準備道歉，但機士團長的嘴角只是跟至今為止一樣帶著淡淡微笑。在感到困惑的我眼前，耶歐萊茵也在自己的咖啡爾茶裡加了奶油，然後用銀湯匙一邊仔細地攪拌一邊說：

「至今為止幾乎沒被人用你這傢伙稱呼過。是很難得的體驗。」

「嗯……嗯，如果是這樣的話，那我就不客氣了……是說，哈連茲家該不會是相當知名的望族吧？」

結果團長原本準備移到嘴邊的杯子突然靜止，仔細地盯著我的臉看了一陣子後才再次發出「呵呵呵」的愉快笑聲。

「對喔，只有兩百年前的記憶的話當然不知道了。嗯……要說是不是望族嘛，應該算是吧。因為家族的鼻祖是異界戰爭裡與闇神貝庫達同歸於盡的傳說英雄，初代整合騎士團長貝爾庫利．哈連茲啊。」

「……！」

大吃一驚的我，差點把剛喝到嘴裡的奶油咖啡爾茶噴到耶歐萊茵臉上，好不容易順利把茶送進胃裡後，才呼一聲鬆了一口氣。

將茶杯放回茶碟上之後，我再次表明自己的驚訝。

「那……那個大叔……不對，騎士長閣下原來是這個姓氏啊？」

下一刻，耶歐萊茵再次拿著杯子沉默了下來。最後輕輕搖搖頭，像呢喃一樣說道：

「對喔……桐人你曾經見過英雄貝爾庫利本人。不知道為什麼，終於有你兩百年前就來到這個世界的真實感了。」

雖然想表示「對我來說只是兩個月前」，但還是忍了下來。因為尚未確認過耶歐萊茵與絲緹卡她們對於Underworld與現實世界的關係有什麼樣的認識。

再咬一口蜂蜜派後，我改為說出這樣的內容。

「……嗯，說是見過，其實也不過是談過幾句話而已。我的搭檔曾用劍跟貝爾庫利一對一交過手，但我那個時候在其他地方。」

「搭檔？」

我對稍微歪著頭的耶歐萊茵微微張開嘴。

——名字叫尤吉歐。聲音、頭髮都跟你一樣，還有眼睛的顏色應該也相同。

費盡心思才把這句話吞回去。一說出尤吉歐的名字，耶歐萊茵或許會有什麼反應。但一想到也可能毫無反應，我就沒有嘗試的勇氣。

「……嗯，一直幫助我……與其說是搭檔，比較像是好友吧……」

好不容易才回答這些內容，接著我就把話題拉了回來。

「倒是我所知道的騎士長，名字應該是貝爾庫利・辛賽西斯・汪才對……而且整合騎士應該沒有家庭之類的……」

「嗯……該怎麼說明才好呢……」

耶歐萊茵把身體沉進豪華的沙發裡，然後輕輕翹起腳。他在大腿上交叉雙手手指，磨亮的靴子前端微微晃動著。

「……你知道成為整合騎士前的貝爾庫利，是從央都旅行到諾蘭卡魯斯北邊的冒險者嗎？」

以自然口氣宣告的內容，讓我原本要點下的頭倏然停止。

到兩百年前，每個人都相信「整合騎士是從神界被召喚過來的公理教會守護者」這樣的「設定」——甚至連騎士本人也一樣。雖然不知道這個時代真相是不是已經傳開來了，還是身為機士團長這個要職的耶歐萊茵才能知道，不過我還是決定先配合他所說的話。

「呃……嗯，這個搭檔也告訴過我。變成講給小孩子聽的童話故事了對吧？」

「是啊，聖托利亞的書店裡擺放了許多貝爾庫利的繪本。不過幾乎都是後人創作出來的故事就是了……總之，離開央都前的貝爾庫利，就是出身於哈連茲家。」

「……原來如此，是這樣啊……」

確實整合騎士艾爾多利耶．辛賽西斯．薩提汪在成為騎士前，名字也是艾爾多利耶．威魯茲布魯克。如此一來，貝爾庫利以及其他所有騎士擁有本來的姓氏——只要不是邊境的無姓平民——也不是什麼不可思議的事情。

「……但是，北聖托利亞有叫做哈連茲的上級貴族嗎……？」

由於貴族的子女幾乎都會進入帝立修劍學院就讀，我在學校的時候也聽過許多家族名稱，但完全不記得曾聽過哈連茲這個姓氏。當我開始左思右想時，耶歐萊茵就輕輕聳肩。

「也難怪你沒聽過，哈連茲家在人界曆一百年左右就沒有子嗣出生而暫時斷絕了。這個家名是由跟貝爾庫利生了一個孩子的第二代整合騎士團長法那提歐・辛賽西斯・滋所復活，那個孩子也就是第三代騎士團長的名字就叫做貝爾切・哈連茲・佛提。」

「咳咳！」

這次真的被咖啡爾茶嗆到，我開始劇烈地咳嗽。

「喂喂，你不要緊吧，桐人？」

用右手制止起身的耶歐萊茵，好不容易讓呼吸穩定下來後才大叫：

「呼啊……法那提歐跟貝爾庫利的小孩？那兩個人是那種關係嗎？」

「問我是不是那種關係也……我反而想問你為什麼不知道呢。」

「沒有啦……因為就我所知，法那提歐這名女性是會殺害看見自己真面目的男人……」

吞吞吐吐地回答完才想起來。大戰終結後在東大門再會的法那提歐，整個人的氛圍已經跟之前完全不同。不再用頭盔遮住臉部，還以一個可靠大姊的身分親自幫忙我跟亞絲娜。

但是，如果是這樣的話，那個時候她的肚子裡應該就有跟貝爾庫利的孩子了。應該是跟黑暗界的和睦交涉幾個月後出生的吧。沒有保留到那個時候的記憶實在是太遺憾了。

應該說，要在現在的Underworld進行任務，果然還是需要異界戰爭之後的記憶吧。不至於需要兩百年份，但沒有恢復大約五十年份記憶的方法嗎？不對，那個時候我的精神年齡已經是七十二歲，人格本身也會產生變化嗎……？

輕輕搖了搖頭後，我再次看向耶歐萊茵。

臉雖然遮住一半，但從體型到細微的動作全都很像尤吉歐。上次潛行首次遭遇到今天這段期間，我不是沒想過他可能是尤吉歐的子孫。

但如果剛才的話為真，那麼耶歐萊茵就不是尤吉歐而是貝爾庫利的子孫——

「嗯…………」

看著發出沉吟的我，感覺騎士團長皺起面具底下的眉毛，於是便急忙說明：

「沒有啦，這麼說可能不太好，但你實在長得不太像貝爾庫利……」

結果耶歐萊茵的嘴角就浮現只有這個地方不像尤吉歐的諷刺般笑容並點了點頭。

「是啊。我是哈連茲家的養子。」

「養……養子？這也就是說……跟貝爾庫利沒有血緣關係……？」

「我想應該沒有。貝爾庫利殘留下來的肖像畫不多，而星界統一會議的現任議長，歐巴斯．哈連茲的容貌就跟他頗為相像了。」

「歐巴斯……」

我在嘴裡重複了好幾遍新出現的名字。這無疑是首次聽見的名字。

「這也就是說……那個歐巴斯先生是耶歐萊茵的爸爸？」

「是啊。正確來說應該是養父。」

感覺耶歐萊茵如此回答時口氣稍微有些僵硬，我忍不住就一直凝視著他皮革面具開孔底下的眼睛。

「……怎麼了？」

「啊，沒有……難道說，你跟爸爸的感情不是很好……」

結果機士團長像是感到愕然般張開嘴巴，接著露出至今為止最大的苦笑——或者是害臊的笑容。

「敗給你了……不，我們的感情不會不好。我很感謝他養育我成人，作為武人、執政者也相當值得尊敬。我想他應該也把我當成親生兒子般疼愛……」

以平靜聲音這麼說道的耶歐萊茵，不知道何時朝向窗外的視窗突然移回這邊。

「我為什麼會跟幾乎是首次見面的你說這些事？」

「別在意，把話說完吧。」

「真是的……好奇怪的人。好吧，我會說。我跟爸爸一直保持良好的關係。但是，他的三個親生兒子……尤其是比我大一歲的哥哥正值很難相處的年紀。」

「很難相處的年紀……說起來，耶歐萊茵你幾歲了？」

「二十歲。」

大我兩歲……原本是這麼想，但立刻又加以否定。這個世界的我比現實世界多了兩歲，所以——

「跟我一樣嗎？」

這麼呢喃之後，我就持續凝視著一塵不染的白色皮革面具。

「咦，這表示你二十歲就擔任整合機士團的最高層了？機士團是包括地上軍跟宇宙軍吧？那個……如果讓你不舒服我願意道歉，但以全軍統帥來說，這個年齡不會太早了一點嗎？」

「不論怎麼想都太早了。」

耶歐萊茵沒有露出生氣的模樣，這麼回答完後就深深嘆了口氣。

「但是，整合機士團長的職位，是地底世界所有公職當中唯一一個由前任者指名所決定。需要的資格就只有必須是機士團員，沒有任何年齡與出身的限制。我在八個月前，星界曆五八二年四月，在前任機士團長的指名下成為後繼者。雖然本人跟星王有拒絕的權利，但星王早在三十年前就失去蹤影，而我則沒有拒絕指名的選項……」

「……為什麼？」

「嗯，這件事將來再說吧……總之我在這個年紀站上統率整合機士團的位置，父親雖然很開心，但是哥哥卻不怎麼高興……因此現在爸爸跟哥哥的關係也陷入緊張狀態。」

我把視線從輕輕攤開雙手的耶歐萊茵臉上，轉移到聳立在森林彼方的總廳舍，同時開口問道：

「難道你哥哥也是整合機士？」

「不，他隸屬於地上軍。基地是在南聖托利亞郊外。所以見面的機會不多。」

「原來如此……」

也就是說這名青年就像是僅僅二十歲就被提拔成為我知道的整合騎士團團長——不對，以組織的規模來說，現在的機士團遠比兩百年前的騎士團大多了，所以根本無法想像他纖細的肩膀到底肩負著多少責任。

具備這種身分的男人，一大清早就在沒有其他人的宅邸裡泡咖啡爾茶、加熱蜂蜜派，老實說這也是很奇妙的一件事，不過還有許多其他想問的事情。由於已經先了解哈連茲家的來歷，接下來就想知道耶歐萊茵是從什麼地方過來成為養子，但是如何才能夠提出如此私人的問題呢……

像是看準我陷入沉思的空檔一般，耶歐萊茵轉換口氣開口表示：

「好了，已經聽了許多我的事情，接下來該桐人說了。」

「咦……呃……嗯，只要是能說的都沒問題……」

點完頭後，突然想起某件事的我環視著茶室。幸好牆上掛了一個大型的時鐘，現在時針已經指著八點四十分。現實世界裡，亞絲娜跟愛麗絲已經抵達ＲＡＴＨ的六本木分部，開始進行潛行的準備了吧。必須跟她們兩個人說我沒辦法到阿拉貝魯家去，但是有迎接她們的車子正在待機了。

「……在那之前，我可以先下……不對，先登……也不對，先回現實世界去一下嗎？我馬上就回來。」

畏畏縮縮地提出詢問後，機士團長就浮現露骨的厭惡表情。

「不會嘴裡這麼說，結果又三天都不回來吧？」

「不……不會啦，怎麼可能，五分鐘……不對，三分鐘就回來了。」

「哎，就算不答應也沒有把你綁在這裡的手段。那我就烤第二個蜂蜜派等你回來吧。」

「那具有相當大的強制力呢。」

咧嘴對耶歐萊茵露出笑容的瞬間，我的胸口深處又閃過尖銳的疼痛感。跟尤吉歐也不知道像這樣互相開玩笑幾百次了。口氣與音色明明如此相像，但越是了解背景情報就越會做出他跟尤吉歐是完全沒有關係的兩個人——是生活在這個時代的其中一個Underworld人民的結論。

「……那麼我去去就回。」

壓抑下疼痛後舉起右手，左手同時做出登出用的手勢。

在置身於白光中再也無法視物的瞬間之前，耶歐萊茵就持續帶著淡淡的微笑把視線放在我身上。

＊＊＊

雖然不像到歸還者學校時那麼糟糕，但明日奈從距離自家最近的東急世田谷線宮之坂車站到ＲＡＴＨ分部所在的六本木在交通上也有點麻煩。就算是最短路線也得在三軒茶屋站從世田谷線換乘東急田園都市線，然後在青山一丁目站換乘大江戶線最後在六本木站下車，而且大江戶線的六本木車站月台似乎是日本最深的地下鐵月台，要來到地面得花五分鐘以上。

學生時期每次聽見哥哥抱怨著「如果有從澀谷直通六本木或者麻布的路線就好了」，就會回答他「晚上別再去鬼混了好嗎」，完全沒有想到自己也會有同樣想法的一天。心裡一邊想著「下次到ＲＡＴＨ分部時試試看搭巴士吧」一邊在週六早上空蕩的電車內搖晃著，這時車內的電子看板就播放出ＣＡＭＵＬＡ公司的企業形象廣告。

影像是不斷切換男女老幼戴著Augma時的笑臉，似乎在那樣的影像裡看見神邑樒而眨了一下眼睛。但是ＣＡＭＵＬＡ創立者的女兒應該不可能拍廣告。雖然閉上眼睛，試圖把笑臉的幻影從腦袋裡拭去，但思考卻一直回溯到過去。

昨天的午休，明日奈為了實現一起吃午餐的約定而在走廊等待著樒。但是午休時間開始了五分鐘還是沒看到她的身影，於是就到她的班上去，班上同學才說她今天沒來學校。

兩人沒有交換聯絡方式所以應該不是刻意爽約，榕也可能因為身體不適或者私事而請假。即使如此明日奈還是對她的請假產生某種奇妙的不對勁感。真要形容的話，就是神邑榕這個完美主義者的縝密且周到的路線圖，因為意料之外的原因而出現混亂——大概是這樣吧。

自己想太多了。到了星期一榕就會來見明日奈，表達歉意後便會再次提出午餐的邀約吧。在那之前，必須先確實鞏固自己的地基，不能再無緣無故地產生動搖了。

每個人前進的道路都不一樣。就像榕選擇從聖永恆女學院到國外的大學就讀，建築起符合CAMULA繼承人閃耀資歷之路一樣，明日奈也有只屬於自己的道路。也就是跟桐人一起實現融合現實世界與Underworld，以及人類與人工搖光這條困難但是相當有價值的道路。

不知道得花多少年。或許有生之年沒辦法達成。但就算是這樣，那也是自己的命運。那一天戴上NERveGear，被囚禁在浮遊城的瞬間就決定下來，沒辦法讓給任何人的命運。為了解開Unital ring世界的祕密而每天奮鬥到天亮，還有今天接下來要潛行到Underworld都絕對不是在繞遠路。雖然不認為應該對VRMMO沒有任何興趣的榕能夠理解，但沒有什麼好覺得丟臉的。邊吃午餐邊閒聊時，要是被問到假日都在做什麼，老實說就可以了。即使這樣會被榕認為沒有交流的價值，也比打腫臉充胖子要好多了。

——妳說對吧，有紀。

在心中如此呼喚重要的好友後，明日奈就迅速睜開雙眼。這時車輛剛好滑進六本木車站的月台。

＊＊＊

在距離跟耶歐萊茵約好的三分鐘只剩下十秒時再次潛行後，率先有甘甜的香味刺激著我的嗅覺。

簡直就像看準我睜開眼睛的時機一般，裝了剛烤好的蜂蜜派的盤子被放到矮桌上。接著是感到有些驚訝的聲音。

「哎呀，真的按照說好的時間回來了。」

「……如果我晚回來，你打算拿這些派怎麼辦？」

邊抬起頭邊這麼問完，機士團長的面具底下就浮現感到有趣般的笑容。

「當然是讓你吃冷掉的派嘍。冷凍蜂蜜派只能重烤一次，烤第二次的話就會變得很硬。」

「……原來如此。幸好我趕上了。」

安心地鬆了一口氣後，就對坐在右側的耶歐萊茵問道：

「那個……還有冷凍蜂蜜派嗎？」

「是還有……不過你肚子有這麼餓嗎？」

雖然我確實餓到應該可以吃下十個左右這種派，但我這麼問不是因為自己想吃。

「沒有啦，是想讓我馬上要到這裡的伙伴們嚐嚐……」

腦袋浮現登出的兩分五十秒當中，在RATH六本木分部的STL室裡談話的亞絲娜與愛麗絲的臉龐並且這麼說著，結果耶歐萊茵就輕輕點頭。

「噢，原來如此。這你不用擔心，冷凍庫裡還有二十個左右。」

「冷凍庫……」

雖然在現實世界已經聽慣了，但這個在Underworld首次聽見的單字還是讓我忍不住眨了眨眼睛。

「那個東西也是用叫做冷溫機的東西降溫的嗎？」

試著提出費魯西告訴過我的裝置名稱，不過耶歐萊茵搖了搖頭。

「不，因為這棟宅邸有點年紀了……要設置中央控制式的冷溫機與大量配管，就需要把整棟房子改建的工程。」

「你說有點年紀，那大概是幾年的房子呢？」

「隨便也有三百年以上吧。原本是諾蘭卡魯斯皇帝家的直屬領地裡的別墅。」

「三百……」

重複呢喃了一遍後才發現驚人的應該不是這個地方。原本是皇帝家別墅的宅邸，為什麼耶歐萊茵可以拿來作為私人用途。難道說——

「……你這傢伙，難道是諾蘭卡魯斯皇帝家的後代嗎……？」

壓低聲音這麼問完，耶歐萊茵一瞬間露出愣住的表情，突然開口發出「哈哈哈哈……」的笑聲。

「哈哈哈，變成這樣嗎？不對，剛才的說法確實也可能被解釋成這樣……不過，很遺憾的是並非如此。」

耶歐萊茵收起笑容，啜了一口重新泡的咖啡爾茶後繼續說道：

「我不是出生於那麼高貴的人家。應該是反過來才對。」

「反過來？」

「嗯，這件事也將來再說吧。你剛才提到冷凍庫的構造對吧。」

有些強硬地把話題拉回來後，耶歐萊茵就豎起右手的食指。

「正如我剛才說過的，因為沒辦法設置大規模的密封罐，所以冷凍庫與烤箱用的都是獨立型。雖然不用配管，但是必須用人力補充凍素與熱素。」

話說完的同時，纖細的指尖就出現藍白色光點。

接著中指也伸直後，其前端就出現紅色光點。素因的無詠唱生成——這件事本身就需要超乎常人的心念力，但同時創造凍素與熱素，並且讓其暫停在空中則更是超高等的技術。

保持短短三公分距離的兩個素因其熱氣與冷氣互相競爭，冒出白色蒸氣並且慢慢變小，十秒鐘左右就消滅了。專心望著呼一聲吹開纏在指尖上水氣的耶歐萊茵，我把浮現在腦袋裡面的話直接說出口。

「……這麼做的話，會被之前那個叫心念計的東西偵測到吧？衛士廳的車子衝過來該怎麼辦？」

「只不過是製作素因用的心念，不待在同一個房間的話就偵測不出來喔。」

「這……這樣啊……」

想著那我也試試看並且豎起右手食指的瞬間，就被耶歐萊茵一把抓住了。

「但桐人你是例外。你的心念力超乎常人，因此就算只是小規模的操作，也會發生巨大的心念波。」

「心……心念波？」

「就是心念計會偵測到的，像是空間震動般的東西。」

如此說明之後，耶歐萊茵就靜靜放開我的手指，接著整個人沉到沙發裡面。

「噢，終於談到主題了——剛才你說要回到現實世界之前，我表示接下來該輪到你說了對吧。」

「呃……嗯。」

機士團長透過面具一直凝視著點頭的我——像是要表示不準備拐彎抹角了一樣，對我丟出極為直接的問題。

「星王桐人，你這時候回到地底世界的理由是什麼？」

「…………」

這時候要是打馬虎眼的話一定會被耶歐萊茵察覺，至今為止的對話所醞釀出來的一定程度的信賴關係也會就此煙消雲散吧。

靠直覺有了這種確信的我，深呼吸一次後就開口表示：

「首先……說過好幾次了，我沒有自己是這個世界的星王的記憶。所以，如果耶歐萊茵想要從我身上得知只有星王才知道的情報，我沒有辦法提供給你。」

「……嗯。」

點頭的耶歐萊茵，用手指迅速撥開從面具上垂下來的捲髮。

「這個我了解了。但是呢，桐人。之前你曾經問過，明明名字已經從所有紀錄當中抹除了，為什麼還把你當成星王對吧？」

「是問了。」

「那個答案很簡單。雖然名字被隱藏了，但並不是失傳。即使人數不多，但現在這個時代還是有知道星王桐人跟星王妃亞絲娜名字的人存在。我就是其中一個人。」

「………原來如此。」

除了我之外連亞絲娜的名字都提出來的話，在這裡也沒辦法繼續否定下去了。雖然仍不打算全面接受，但如果我擔任星王這個職位是事實的話，就只能祈求不是我自己決定這個職位名稱了。

「那麼……關於星王這件事就暫且擱置到一邊……」

我做出把透明塊狀物放置到左斜上方虛空的手勢，接著繼續說道：

「我回到Underworld的目的大致上可分為兩個。一個是搞清楚除了我跟兩名伙伴之外，從現實世界來到這個世界的到底是什麼人，還有那個人的目的。」

「…………」

耶歐萊茵稍微繃緊嘴角，但沒有多說些什麼，只是用手勢要我說下去。

「然後另外一個是……讓在中央聖堂某處保持Deep freeze狀態的某個人物甦醒過來。」

為了慎重起見，我隱去賽魯卡的名字以及她沉睡著的地點，但耶歐萊茵可能知道些什麼吧，依然閉著嘴巴的他緩緩點頭。

「…………原來如此。兩者都是預料之外的範圍，不過並沒有違背我的職責與信念。身為整合機士團長，我想兩個目的我都可以幫忙。」

「……所需的代價是？」

覺得當然不是無償的我一這麼問，耶歐萊茵就整個朝我探出身子，以把音量壓抑到極限的聲音呢喃：

「希望你也能助我一臂之力。」

鑲在面具開孔的薄玻璃底下，彷若翠玉般的眼睛綻放強烈光芒。原本宛如被吸進去般快要點頭同意，但我迅速把脖子移回來並且回答：

「要在我的能力與信念範圍之內。」

「呵……」

一瞬間笑了一下，耶歐萊茵才又說：

「我想那應該沒問題。反而應該說……感覺你的目的跟我的委託有不少重疊的部分。」

「那是什麼意思？你的委託是……？」

「想要你跟我一起去亞多米娜。」

我無法馬上理解他隨口宣告的內容。亞多米娜是哪裡呢……這麼思考了一秒，才終於回想起來。

「啥……啥？亞多米娜是指行星亞多米娜嗎？」

我指著茶室的天花板——正確來說是其後方天空的更後方的宇宙並且這麼大叫，而耶歐萊茵則是微笑著回答「是啊」。

10

西曆二〇二六年十月三日／星界曆五八二年十二月七日，上午九點三十分。

新的機車抵達森林當中的宅邸，我跟耶歐萊茵到玄關迎接從後座下來的亞絲娜與愛麗絲。關於充滿謎團的整合機士團長，我在事前已經把知道的所有情報告訴她們，同時也拜託兩人把他很像尤吉歐這件事交給我來處理。

亞絲娜原本就沒見過尤吉歐——似乎曾經短暫看過寄宿在藍薔薇之劍上的搖光碎片所顯現的模樣——所以打招呼跟握手都很自然地結束，但愛麗絲臉上就洩漏出難以掩飾的驚訝。

不過對於耶歐萊茵來說，跟星王妃亞絲娜以及似乎已經變成傳說存在的金木樨騎士愛麗絲握手也是頗為讓人緊張的體驗。如此一來就會湧現為什麼跟我握手的時候就很輕鬆的疑問，不過我決定不再追究。

再次移動到二樓的茶室，耶歐萊茵也招待愛麗絲與亞絲娜享用熱騰騰的蜂蜜派與咖啡爾茶。兩個人當然都很喜歡，亞絲娜甚至還想知道製作方法，但這實在不是耶歐萊茵所能了解的範圍，於是決定將來有機會的話要拜訪北聖托利亞的跳鹿亭本店。

但是在那之前，必須先決定今後行動的計畫才行。

看準愛麗絲她們吃完派的時機，我質問耶歐萊茵要我陪他一起去行星亞多米娜的真意為何。機士團長喝了一口加入奶油的咖啡爾茶，接著宣告讓我更加驚訝的內容。

「我懷疑亞多米娜的行政府，或者是軍司令部有反叛星界統一會議的企圖。」

「……反……反叛？」

和並排坐在三人座沙發上的亞絲娜、愛麗絲面面相覷後，我慎重地選擇用詞遣字反問：

「但是……Underworld可能發生這種事嗎？現在的法律明確記錄著統一會議為最上級的統治組織吧？」

「那是當然，『星界法』的第一條第二項就確實紀載著這樣的內容。然後，桐人應該知道，地底世界人原則上是不會違反法律……不對，是無法違反法律。」

「那麼，為什麼會有反叛的嫌疑？」

愛麗絲一這麼問，耶歐萊茵就微微挺起背桿，以客氣的口吻回答：

「這說起來有些複雜……愛麗絲大人對於機龍有多少的了解呢？」

「絲緹卡她們搭乘的鋼鐵之龍……現實世界的說法是飛機，不對，是戰鬥機吧？」

「飛機……戰鬥機。原來如此。」

腦袋裡浮現字面意思的耶歐萊茵，輕輕點頭後繼續說道：

「現在，這個行星卡爾迪娜與伴星亞多米娜之間，是由大型的乘客、物資輸送用機龍的定期航線所連結。以現實世界風的說法就是輸送機……嗎？」

「嗯……客機吧？」

亞絲娜的回答讓機士團長微微苦笑了起來。

「原來如此……那麼就如此稱呼吧，客機從卡爾迪娜飛到亞多米娜所需的時間大約是六小時。也就是理論上一天可以往返兩次，一個半月前一週只能飛行一次。各位知道為什麼嗎？」

亞絲娜與愛麗絲一起搖頭，而一個半月前這個時間則給了我一些頭緒。那是我們三個人首次訪問兩百年後Underworld的時期。

「……那隻宇宙怪獸嗎？我記得是叫……深淵之恐懼？」

「嗯。我們是稱之為宇宙獸就是了。」

耶歐萊茵依然只對我用普通的口氣，但我完全不覺得不高興，亞絲娜她們似乎也不在意。

「深淵之恐懼長期間……應該說從亞多米娜被發現之前，就以一定的速度與路線在兩顆行星周邊飛行。被牠發現並且遭到襲擊的話，不論是什麼重武裝的機龍都無法抵抗。實際上，雖然是很久以前的事情，不過確實曾發生過前往亞多米娜的客機遭到破壞而出現許多犧牲者的事故。傳說中牠被星王討伐了三次，每次都變成小碎片混在宇宙的黑暗裡面逃走，等完全再生後又重新出現……」

耶歐萊茵說的話讓我們一起點頭。

「被亞絲娜用隕石砸碎之後，碎片確實像蟲群一樣激動地想要飛著逃走。不過之後就全被愛麗絲的記憶解放術殲滅了……」

我邊說邊瞄了坐在左側的整合騎士一眼。

從機車上下來時是以茶色外套覆蓋住全身，現在已經脫掉外套，露出全身的黃金鎧甲。神器金木樨之劍和亞絲娜的ＧＭ武器燦爛之光，我的夜空之劍及藍薔薇之劍一起放在一個看起來很堅固的皮革袋子裡運過來，直接放置在茶室的地板上，腰間雖然沒有劍，凜冽的氣息還是絲毫沒有減少。

愛麗絲的藍色眼睛回瞪我，接著表示：

「你這傢伙是在懷疑我的劍招嗎？那個怪物的碎片已經全部被我殲滅了。」

「沒……沒有啦，這一點我絕對不懷疑。但是像這種情形，通常都會有一隻躲在完全預料不到的地方……比如說妳鎧甲的內側之類的……」

「這不就是在懷疑我嗎！」

「別說那種噁心的話好嗎！」

看見被愛麗絲與亞絲娜同時斥責的我，耶歐萊茵雖然露出有些複雜的表情——恐怕被迫稍微修正了對於星王妃與金木樨騎士的印象——還是開口幫了我一把。

「請二位放心，按照過去的例子，深淵之恐懼都是一個月後就完全復活了，這次已經過了一個半月還沒有現身。戰鬥本身是極機密的非公開情報，不過經過整合機士團持續的嚴密觀測，才會做出那隻宇宙怪獸已經消滅的結論。」

「我……我想也是，真是太好了。」

不停點頭的我右手往桌上的熱水瓶伸去，接著在愛麗絲、亞絲娜以及耶歐萊茵的杯子裡倒下咖啡爾茶。

「……那麼，淵懼跟剛才的反叛話題有什麼關聯呢？」

即使對我隨便的簡稱露出些許傻眼的表情，耶歐萊茵還是繼續說明道：

「桐人你們幫忙消滅被認為是地底世界最大災厄的深淵之恐懼，我們真的不知道該如何表達感謝之意。不過呢，那場戰鬥本來應該不會發生才對。」

「……你的意思是？」

「剛才我說過深淵之恐懼是以固定的速度與路線在兩顆行星周邊飛行，不過怎麼說牠都是生物。移動週期還是偶爾會有變動的時候，所以卡爾迪娜和亞多米娜都建立了專用的觀測所，以巨大望遠鏡目視宇宙獸的影子，嚴密地掌握其現在位置後才會對機龍發出飛行許可。一個半月前，機士阿拉貝魯與機士休特里涅也是從亞多米娜得到深淵之恐懼在行星背面移動中的情報才會從卡爾迪娜起飛。三小時的飛行中，應該……不可能遭遇那隻宇宙獸才對。」

最先對呢喃般宣告的內容有所反應的是亞絲娜。

「也就是說……不是深淵之恐懼以極快速度移動，就是來自亞多米娜的情報有誤……？」

「嗯，關於這兩個可能性……首先，前者絕對不可能發生。深淵之恐懼是除了在襲擊機龍……人類以外時只會極緩慢移動的生物，很難相信牠不到一個小時就可以從亞多米娜背面移動到遭遇機士們的地點。接著是後者的可能性，我也不認為熟練的觀測官會把那隻怪物的巨大影子看錯成其他物體……」

「這麼一來，就是刻意傳達錯誤的情報了。」

愛麗絲毫無忌諱的指責，看起來似乎讓耶歐萊茵的身體一瞬間緊繃，但他立刻點頭表示：

「嗯，我……不對，在下也是這麼認為。」

「等……等一下。」

腦袋裡浮現絲緹卡與羅蘭涅稚氣未脫的臉龐，同時試著要確認事實。

「那就是，有人想讓深淵之恐懼襲擊她們……藉此來殺掉她們的意思嘍？」

「應該是這樣吧……」

乘著嘆息如此呢喃的耶歐萊茵，把原本直立的上半身沉進沙發的椅背繼續表示：

「詳細情形之後會說明，其實其他還有連續幾件疑似對於卡爾迪娜宇宙軍的妨礙工作與破壞工作的事例。如果是想要削弱本星的軍事力，那麼目的只可能是試圖反叛。但我實在不認為亞多米娜行政府的長官與亞多米娜基地的司令官與這件事情有關……他們兩個都是我從孩提時期就熟識的偉大人物。」

「……偉大人物有沒有可能是為了偉大的目的而引發叛亂呢？」

我雖然有些猶豫，最後還是如此提問，結果耶歐萊茵就以平靜的聲音反問：

「就像遙遠的過去，你反叛公理教會那樣嗎？」

「…………」

輕輕屏住呼吸後，我才靜靜搖頭。

「不，我跟教會戰鬥不是因為什麼偉大的目的。是為了自己……還有搭檔。」

我是為了實現尤吉歐救回被公理教會綁架的愛麗絲．滋貝魯庫，一起回到盧利特村的願望而戰鬥。但無法實現那個目的，尤吉歐本身也在跟最高司祭亞多米尼史特蕾達的激鬥中喪生。尤吉歐的搖光隨著年幼愛麗絲的搖光碎片一起消失在中央聖堂最上層……應該是這樣才對。如果是這樣的話，耶歐萊茵你為什麼會有他的頭髮、聲音以及氣氛呢？

騎士愛麗絲代替被不知道是第幾次的衝動襲擊而咬緊牙關的我發出平靜的聲音。

「耶歐萊茵．哈連茲。對你來說，桐人跟公理教會的戰鬥只是遙遠過去的歷史，但是對桐人來說那是短短幾個月前才發生過的事。不清楚詳細情形的人，不應該隨便提及這件事。」

「……真的很抱歉，愛麗絲大人。」

立即道歉的耶歐萊茵也對我低下頭來。

「對不起，桐人。哪一天希望你能把跟公理教會戰鬥的真相說給我聽……但現在先討論應該做的事情吧。偉大的人物確實有可能反叛。但那必須要有足以違反星界法的理由。比如說亞多米娜的居民遭到卡爾迪娜的虐待……之類的。」

「沒發生這種事嗎？」

「完全沒有。因為星王為了不發生這種事而訂立了許多法律來保護亞多米娜。所以亞多米娜那邊應該沒有攻擊卡爾迪娜的理由才對。但是……剛才你說有人從現實世界混入地底世界時，我就突然想到了。說不定這是新的異界戰爭的開端。」

「…………！」

我和亞絲娜、愛麗絲同時屏住呼吸。

最先有反應的是亞絲娜。珍珠色鎧甲發出細微聲響來轉向耶歐萊茵，接著詢問：

「你的意思是，現實世界來的入侵者，試圖讓卡爾迪娜星宇亞多米娜星發生爭執……不對，應該說試圖引起戰爭嗎？」

「過去引起異界戰爭的闇神貝庫達是現實世界的人對吧？那麼，發生同樣的狀況也不是什麼不可思議的事情吧？」

理論上確實是這樣沒錯。

但是絲緹卡與羅蘭涅遭到深淵之恐懼襲擊，正是我們潛行到進入星界曆的Underworld當天。如果那是現實世界人所設下的機關，那麼那個人就比我們還要早入侵Underworld。

這種事有可能發生嗎？有可能的話——那個傢伙不是跟茅場晶彥有某種關係，就是……

我強行停止思考，接著開口表示：

「為了調查這一點，才想到亞多米娜去嗎？」

「正是如此。」

點完頭的耶歐萊茵，之後又加了一句嚇死人的話。

「但是無法使用機龍。」

「……啥？」

「為了讓我們能在亞多米娜自由行動，必須要祕密地潛入。但是要用機士團或者宇宙軍的機龍在行星間飛行必須事先向亞多米娜行政府申請，乘坐運輸用大型機龍則需要市民號碼。兩者都很難矇混過去。」

「……不申請就偷偷飛行呢？」

「基地的機庫裡要是有一架機龍消失的話，會演變成把統一會議牽扯進來的大騷動。和機車的等級完全不同。」

「我想也是……」

悄然聳了一下肩膀後，我才注意到這樣的發展很奇怪。表示想去亞多米娜的不就是團長閣下本人嗎？

「這樣你到底打算怎麼去亞多米娜呢？」

結果耶歐萊茵一臉認真地以平靜的語氣回答：

「有兩個方法。一個是桐人以心念把我、亞絲娜大人以及愛麗絲大人運到亞多米娜。」

「……啥……啥？用肉身飛到其他行星的意思嗎？」

「我聽說救助絲緹卡她們的時候，你就以肉身在宇宙空間自由地飛翔喔。」

「是……是沒錯啦……」

Underworld的宇宙跟現實世界不同，它並非真空。在考察姆塔席娜的窒息魔法時也曾經想過，說起來虛擬世界根本沒有真空、非真空的概念。因此這個世界的宇宙雖然又暗又冷而且沒有重力，但是可以呼吸跟對話。大概也可以使用風素飛行，所以感覺憑心念力移動到另一顆行星並非不可能——

「……但是，結果那樣還是會產生心念波之類的東西吧？亞多米娜應該也會有一兩個心念計才對……」

「嗯，應該有一兩百個吧。將來必須讓你學會『隱藏心念的心念』才行……但就算是星王陛下，應該也要花上一些時間，所以這次我想使用的是第二個方法。」

「那是……？」

「其實很簡單。使用就算不見了也不會被任何人發現的機龍。」

在啞然的我、愛麗絲與亞絲娜面前，耶歐萊茵輕輕抬起右手，指向茶室南側的牆壁——央都聖托利亞所在的方位。

「星王的專用機龍『澤法十三型』應該在可飛行狀態下保存於中央聖堂被封印的最上層。這樣的話，只要飛離塔時能想辦法矇混過去，就不會被統一會議的高層注意到了。」

除了點子相當大膽之外，給予我更大衝擊的是機龍的名字。稍微瞄了一下左邊，坐在愛麗絲對面的亞絲娜也瞪大了雙眼。

澤法是棲息於浮遊城艾恩葛朗特——不是導入ＡＬＯ的新生版，而是以舊ＳＡＯ為舞台的原始版——第五十五層的練功區魔王的名字。正確名稱是白龍澤法。正如名稱所表示，是一隻純白的龍，所以應該不像機龍才對……不過這下幾乎可以確定星王知道Sword Art Online刀劍神域了。

「不對不對，這件事之後再說……」如此對自己說道後，我就把視線移回耶歐萊茵身上。

「……跟用心念飛行比起來，還是這個選擇比較有真實感。不過，能夠進入被封印的地方嗎？說起來，封印具體來說是什麼樣的狀態……？」

「中央聖堂除了大階梯之外，還設置了能從一樓移動到七十九樓的自動升降盤，上到一般無法指定的第八十樓後，一走出升降盤似乎就會遇見一扇巨大的門。就連星界統一會議的評議員都禁止靠近那扇門。門上應該施加了嚴密的鎖才對。」

「…………」

這次換成看向愛麗絲。

黃金騎士張大的雙眸正看著虛空的一點。

她的視線一定捕捉到長眠於中央聖堂第八十層的妹妹賽魯卡的身影了吧。雖然以讓賽魯卡醒過來為最重要的任務，但至今為止連如何進入中央聖堂都沒有頭緒，這個時候希望竟然以出乎意料的形式降臨。現在愛麗絲心中一定有巨大的期待與些許不安正在捲動吧。

或許是從我們的模樣感覺到了什麼，耶歐萊茵以呢喃般的口氣說道：

「這樣啊……剛才桐人提到的『在中央聖堂某處保持Deep freeze狀態的人物』是跟愛麗絲大人有關係的人嗎？」

事到如今再隱瞞下去也不是辦法。於是我便輕輕點頭。

「嗯……你知道些什麼嗎？」

「因為我也從未上到第八十層以上……只是曾經聽說過，聖堂上層封印著古老的整合騎士們，還有星王的機龍保存在那裡，以及……」

露出有點猶豫的模樣後，才壓低聲音繼續表示：

「……最上層設置了全地底世界只有三個的『水晶板』其中之一。知道的大概就這些了。」

「水晶板……」

耶歐萊茵所說的是什麼其實相當明顯了。那是能夠直接操作Underworld的系統操縱臺。

我突然注意到。只要使用那個，不用遠路迢迢到亞多米娜星，也可以調查關於入侵者的事情吧。但是那個操縱臺隨著限界加速階段開始就完全鎖住了，真的變成單純的水晶板。加速雖然已經結束，但想再次使用的話，必須從Ocean Turtle的控制室進行重置的操作……

不對，一切就等去到那裡才會知道。當然一開始要先前往賽魯卡長眠的地方。

感覺該問的全都問過了的我，把手用力放在兩邊膝蓋上，一邊起身一邊說：

「好，既然這麼決定了就立刻回聖托利亞吧。機車還會到這裡來接我們嗎？」

下一個瞬間，耶歐萊茵就露出不知道是第幾次的苦笑。

「真是個急性子的人。既然是傳說的星王，怎麼說呢……原本想像是更加沉穩一些的人物。」

在我回答些什麼之前，亞絲娜跟愛麗絲就同時開口。

「就是說啊。」

「是啊。」

耶歐萊茵不知道給誰打了電話——不對，應該說是傳聲器，不久之後宅邸的前院就聽見機車的驅動聲。

在機士團長前導下來到一樓。茶色皮革包包是由我來拿，裝了四把神器的行李果然無比沉重。

亞絲娜跟愛麗絲在耶歐萊茵的建議下，從創世神與整合騎士的裝束換裝成機士團的女性制服。雖然愛麗絲似乎對脫下身體熟悉的鎧甲感到猶豫，但耶歐萊茵保證「沒有我的許可任何人都不能進入這棟宅邸」，而且還提議把收納鎧甲的小房間的鑰匙交給她保管後，她才勉為其難地答應了。

但是跟絲緹卡她們身上相同的深藍色制服也很適合亞絲娜與愛麗絲，一看到從房間裡出來的兩個人，我就忍不住拍起手來。雖然被紅著臉的愛麗絲吐嘈「你不用換裝嗎」，但機士團長表示我現在的服裝就算走在Underworld的街上也不會格格不入，所以應該不會引人注意才對。

雖然脫下黃金鎧甲，但愛麗絲的腰上還穿戴著硬殼的角形腰包。裡面裝的是比雞蛋大一圈的兩顆蛋。那是我用心念力把愛麗絲的飛龍「雨緣」以及牠的哥哥「瀧刳」回溯到出生前的模樣。

以愛麗絲來說，應該很想立刻孵化並且養育牠們吧，但目前的狀況實在很難辦到。由於愛麗絲也沒辦法一直登入到Underworld，所以必須託付給某個值得信賴的人物，不過這個時代擁有養育飛龍經驗的人應該不多。

邊想著這些事情邊橫越一樓大廳，來到玄關外面的瞬間。

「──我們來迎接各位了！」

兩道興奮的聲音重疊在一起，接著是靴子的鞋跟互擊的清脆聲響。

在門廊底下敬禮的，是穿著整合機士團制服並戴著同色制服帽子的兩名少女──絲緹卡．休特里涅與羅蘭涅．阿拉貝魯。沒想到會在這個時間點重逢的我，忍不住發出「咦」一聲。

「還以為妳們今天在進行原本的工作……」

「就是說啊。」

走在我身邊的耶歐萊茵混雜著嘆息呢喃道：

「她們雖然年輕，但已經是藍薔薇中隊的王牌了。本來應該還有指導操士們以及新型機龍的試驗等許多工作，忙到就算有章魚那麼多隻手都不夠用了，所以根本沒時間來當駕駛，但她們堅持一定要做……」

──沒有海洋的Underworld應該沒有章魚才對……

不是啦，應該在意的是「藍薔薇中隊」。由於載我到這棟宅邸的拉吉．克因特二級操士說過他是隸屬於「洋蘭中隊」，看來整合機士團的飛行隊是被賦予花朵──而且是所謂聖花的名字，但為什麼不只是一般的玫瑰，而是藍薔薇呢？

在心中記下將來要詢問耶歐萊茵時，放下右手的絲緹卡就迅速跑了過來。

「愛麗絲大人、亞絲娜大人、桐人大人，好久不見了！」

「能夠再見到您們真是太開心了！」

愛麗絲與亞絲娜溫柔地抱住以燦爛笑容大叫的兩個人。我實在沒有那種膽量所以只是握手，這時注意到我左手提著大型包包的羅蘭涅迅速對我伸出雙手。

「我來幫忙把行李拿上車吧！」

「不用了，因為很重還是我自己來吧。」

「這也是我的工作！」

不管三七二十一就把袋子搶過去的瞬間，羅蘭涅就發出「嗚咕」的呻吟聲。也難怪她會這樣。包包裡面塞了四把近50級的神器。連亞絲娜跟愛麗絲都要兩個人才能把它們搬到車上，就算是王牌機士應該也很難獨自拿起它們。

我反射性要以心念來撐住她，但羅蘭涅在包包底部快觸及地面前就停住暫時下沉的身體。滿臉通紅的她咬緊牙根，發出「咕唔唔唔唔……」的低吼並且一點一點抬起巨大的包包。

亞絲娜與愛麗絲原本要代替大吃一驚而呆立現場的我前去幫忙，但少女機士卻搖頭拒絕了她們。她看著搭檔，從齒縫擠出被壓扁的聲音。

「絲緹……來……來幫忙……」

這時候絲緹卡已經抓住包包的帶子。她跟羅蘭涅各拿一邊的帶子，同時以拚命的模樣發出「哼唔唔唔～」的低吼聲

好不容易撐起身體，兩人發出「一、二、一、二」的聲音來互相配合，把包包搬到機車那邊去。光靠兩個人就能搬運四把神器，就表示她們擁有能夠輕鬆將一把裝備上去的物件操作權限。

有點，不對，是相當驚訝的我注視著機士們，感覺她們到達聽不見聲音的距離就立刻對旁邊的耶歐萊茵呢喃：

「那兩個人……實際上是多少了呢？」

「我想應該是十五歲喔。」

我想知道的是權限的數值，耶歐萊茵回答的卻是年齡。但是這個數字也讓人相當吃驚。

「十五……！一般的話是差不多要進入修劍學院就讀的年紀吧。為什麼權限等級會那麼高啊……？」

「那是因為阿拉貝魯家與休特里涅家是望族中的望族啊。」

呢喃完謎樣的話語後，耶歐萊茵就拍了一下我的背部。

「好了，上車吧。我想到聖托利亞去吃中餐呢。」

11

羅蘭涅她們駕駛的機車並非上次搭乘的那種烏亮大型轎車，而是老舊的白色廂型車。內裝與乘坐感都跟普通的車款一樣，開始進入石板小徑後就傳出喀噠喀噠的熱鬧聲音。

轎車的後座沒辦法坐四個人，而且這也是為了不引人注目的措施，但我原本期待能再次搭乘那種滑行般奔馳的高級轎車，所以難免有些失望。在座墊有些薄弱的第三排座位右側，我想著「哪一天拜託團長讓我開一下那種黑色轎車……」時，與第二排的亞絲娜並肩而坐的愛麗絲就以感嘆的口氣表示：

「……初次見到現實世界裡以比馬車快好幾倍的速度跑在馬路上的汽車群，除了對如此發達的世界感到佩服之外，也因為太過雜亂而感到頭昏眼花……現在連地底世界都變成這種鐵製車輛到處行駛的世界了嗎……」

「嗯，至少這邊的機車不像那邊的汽車一樣會排放對環境有害的物質。」

不知道為什麼，當我如此打圓場時，旁邊的耶歐萊茵就發出有些擔心的聲音。

「但是最近因為機車與冷溫機變多，空間力衰竭開始成為問題。實際上，今年夏天聖托利亞就發生三次以永久素因為動力的機械完全無法運作的現象。據說是因為許多家庭同時在索魯斯無法供給空間力的深夜使用冷氣的緣故。」

費魯西少年也說過同樣的話……我這麼回想，同時丟出浮現在腦袋裡的疑問。

「聖托利亞的夏天應該沒有熱到要使用冷氣吧？修劍學院的宿舍當然沒有什麼冷溫機，但晚上也能正常地睡著……」

「雖說一般民眾也能買得起了，但冷溫機仍屬於高價的物品。辛苦獲得之後，想要每天使用也是人之常情。」

耶歐萊茵的答案讓同意這個說法的我點了點頭，接著就換成亞絲娜轉頭問道：

「聖托利亞有電費……不對，是空間力費這樣的東西嗎？」

「空間力費……？噢……為了使用空間力而付出的金錢嗎？當然沒有。空間力跟水還有風一樣，是自然賦予我們的東西。」

「現實世界的人民，連水都得付錢呢。」

愛麗絲的補充讓耶歐萊茵說著「這還真是……」，同時還以感到有些可憐的表情看著我，但立刻就正色表示：

「……不過，那說不定也是一個解決的方法。設置依照空間力的使用量來徵收費用的機制，應該就能抑制過度使用冷溫機了吧……問題是，該如何計測使用量呢……」

我急忙對嘴巴碎碎唸著並且陷入沉思的機士團長兼評議員搭話：

「好……好了好了，這件事以後再說吧。」

要是很久以後，學校裡教小朋友「把水費跟空間力費的概念帶到地底世界的是名為桐人的現實世界人」的話我可受不了。

「倒是那個……武具操作權限大概要多少才能進入整合機士團？」

繞遠路丟出剛才沒能提出的問題後，耶歐萊茵就輕輕聳肩說：

「並非單純只要多少權限就能入團。首先得在學校有優秀的成績，可以的話在星界統一武術大會要取得前面的名次，接著以宇宙軍或者地上軍的軍官候補生入隊，只有在該處表現出拔萃能力者才會被推薦參加機士團的入團測驗。」

流暢地說明完後，耶歐萊茵就揚聲對車子的前座說道：

「絲緹卡、羅蘭涅，妳們是幾歲的時候在統一大會的決勝戰打成平手？」

「十二歲！」

副駕駛座的絲緹卡以清晰的聲音如此回答，結果握著方向盤的羅蘭涅就加了一句：

「不過那次是我贏了喲。」

「喂……哪有這種事！反而是我占上風才對吧。」

「搞錯了吧，妳只是盲目進攻而已。」

「唔──！」

兩個人鬥嘴的模樣確實符合她們的年紀，不過如果星界統一武術大會是兩百年前的四帝國統一武術大會的擴大版，能在年紀輕輕的十二歲就同時獲得優勝，這可不是只用天才兩個字就能了事了。就連過去的整合騎士團，也沒有如此早熟的英傑存在。

腦袋裡突然閃過在阿拉貝魯家遇見的費魯西少年那放棄一切般的無力笑容。

他說過現在是九歲。如果親生姊姊在短短三年後就在Underworld最高層級的武術大會獲得優勝的話，就能理解「無法發動祕奧義」這個異常現象會給他帶來多麼深的絕望了。

將來一定得找時間解開讓費魯西如此痛苦的謎團才行。再次於內心如此發誓後，耶歐萊茵就用前座也能聽見的音量說道：

「我是十六歲時在統一大會獲得優勝。不論是身為劍士還是操士，可能都被她們兩個人超越了。」

「沒……沒這回事！」

中斷與羅蘭涅鬥嘴的絲緹卡，回過頭來這麼大叫。

「耶歐萊茵大人卓越的劍技與操技，我們是萬萬比不上！您這麼說我們會很困擾的！」

駕車中的羅蘭涅也保持看著前方的姿勢開口說：

「是啊。短短半年前，同時與我們兩個人對戰的團長不是才狠狠擊敗我們嗎？要超越您還得花上十年的時間吧。」

「喂……永遠辦不到好嗎，笨蛋羅蘭！」

「像這樣自認為辦不到才是失禮吧，愛哭鬼絲緹。」

再次鬥起嘴來的兩個人後面，亞絲娜與愛麗絲壓低了聲音竊笑著。我身邊的耶歐萊茵像是要表示「拿她們沒辦法」般嘆了一口氣。

長相雖然跟羅妮耶與緹潔一模一樣，但是跟完全不吵架的兩個人真是有很大的不同……這麼想的我隨口對機士團長問道：

「話說回來，你的權限有多少？」

「咦……？」

耶歐萊茵像是嚇了一跳般張開了嘴，看見他這種表情的瞬間——

我腦袋中央就被一道宛如純白閃光般的啟示貫穿。

耶歐萊茵．哈連茲的能力值視窗……也就是所謂的「史提西亞之窗」裡，除了顯示物件操作權限與系統操作權限的數值之外，還確實記載著人類個體ＩＤ。

然後如果耶歐萊茵跟尤吉歐有任何關聯的話。萬一是喪失記憶的同一人物，那麼ＩＤ應該會一致才對。

我不可能會忘記。ＮＮＤ７－６３６１……和我的６３５５只差六號的ＩＤ。如果耶歐萊茵

的「窗子」刻劃著那個號碼……

一瞬間以納悶表情看著僵住的我後，耶歐萊茵就這麼說道：

「嗯……是多少呢……因為平常不會在意自己的權限值。」

「……那就讓我看一下史提西亞之窗。」

好不容易才平順地把話說完，結果得到的是熟悉的苦笑。

「我說桐人，兩百年前是怎麼樣我不太清楚，但這個時代大概只有自以為很偉大的衛士才會要別人叫出視窗喔。」

「這個嘛……以前也是一樣啦……」

壓抑著現在立刻抓住耶歐萊茵的右手，讓他輸入手勢的衝動，同時拚命尋找接下來應該說的話。

「……那就這麼辦吧。桐人先給我看的話，我也可以給你看。」

「…………」

這求之不得的發展讓我輕輕屏住呼吸。我的能力值不論他高興怎麼看都沒關係。

我僵硬地上下移動著緊繃的脖子，邊祈禱聲音聽起來自然一點邊回答：

「好，就這麼說定了。那麼就由我先打開窗子。」

以右手兩根手指在空中畫出S形，然後敲打左手手背。紫色視窗隨著鈴聲般的效果音打開了。

上次潛行時，在衝進阿拉貝魯宅邸的眾衛士面前也被打開了。話說回來，那個時候沒有確認自己的權限。把頭往耶歐萊茵那邊靠過去後，就窺探起小小的矩形視窗。

「哇……ＩＤ號碼真是年輕耶。我還是第一次看到六千多號。」

ＮＮＤ７－６３５５的ＩＤ，表示是在人界最北部的ＮＮＤ７區域，第六千三百五十五個出生的人。

「衛士廳的隊長也說了同樣的話。」

如此回答後，視線就移向視窗的右側。

現在回想起來，上次確認兩個權限值已經是在中央聖堂跟整合騎士們戰鬥的時候了。我記得當時物件操作權限（OC）確實是50左右，系統操作權限（SC）應該是30左右，應該稍微上升一些了吧……

邊這麼想邊看向數字的瞬間，我就從嘴裡發出「嗚咿」的奇妙聲音。

以不可能看錯的簡單字體所顯示的數字——ＯＣ權限是29，ＳＣ權限是07。

「下……下降了！竟然只有29跟7……」

茫然的我不由得看向右手，但該處當然沒有寫什麼字。

這種平凡數字的話，就能理解衛士廳的鬍子隊長為何沒有反應了，但除此之外的一切就完全無法接受。這種數值怎麼可能同時裝備夜空之劍與藍薔薇之劍，說起來可以發生數值下降這種事情嗎？難道說宇宙怪獸深淵之恐懼擁有下降等級的能力？

「……桐人。」

我悄然回應著耶歐萊茵的呢喃聲。

「那個……抱歉，只有這種數字。不過這樣你應該知道我不是什麼星王了吧。」

「不是的……你看一下這裡。這是不是比較小的『１』啊？」

「啥？比較小的1……？」

我再次看向史提西亞之窗，發現耶歐萊茵指著ＯＣ權限的左側。把臉靠近該處仔細凝眼一看。

結果在四角形外框與「２」之間，還有個只有一半大小，像是「１」的數字顯示在該處。

和耶歐萊茵面面相覷，然後再次看向視窗。

「……咦，這是說並非兩位數而是三位數？不是29跟7……是１２９跟１０７？」

「應該……是吧。權限值竟然還能超過一百呢……」

以感到敬畏般的聲音如此宣告完，耶歐萊茵就一直凝視著我的臉，最後加了一句：

「不愧是傳說的星王陛下。」

「…………還……還不一定吧。」

說出極為孩子氣的發言後，我就迅速消除視窗。沒錯，不論是兩位數還是三位數，現在我的權限值根本不是重點。

「好了，輪到你啦。」

雖然極力用看起來平靜的態度如此催促著，但語尾還是有點顫抖。

不過耶歐萊茵似乎沒有注意到，輕輕聳肩後表示：

「知道了啦。話先說在前面，我的權限值遠遠不及你喔。」

如此說完後，就以順暢的動作畫出S字然後敲打左手。

嘰鈴鈴……史提西亞之窗隨著清澈的聲音打開了。

眼睛被左上的個體ID吸引過去。

「NCD1－13091」。

我茫然地持續凝視與尤吉歐的個體ID完全不同的文字列。

經過五秒，或者是十秒左右時，耶歐萊茵就發出有些氣憤的聲音。

「也不用那麼失望吧。不是一開始就說過遠遠不及你了？」

「咦？啊……」

回過神來的我，將視線往右側移動。OC權限是62，SC權限是58。兩者都是我數值的一半，但以兩百年前的基準來看就高到嚇人。當時的我就不用說了，甚至比整合騎士們都還要高吧。

「不，這個數字很了不起。真不愧是團長。」

雖然腦袋中央依然處於麻痺狀態，但我老實說出感想後，耶歐萊茵就再次露出苦笑。

「你這麼說實在沒說服力……不過，還是先跟你說聲謝謝。」

如此呢喃後就消除史提西亞之窗，並且把背靠到椅背上。我也轉向正面，靠到較硬的椅背上面。

前座的亞絲娜與愛麗絲，似乎跟絲緹卡她們開心地聊著天。不知道什麼時候機車駛入聖托利亞的市街，旁邊的第三車道不斷有看來很高級的車子超越我們。

突然感覺從一台轎車的副駕駛座看到一名亞麻色頭髮的年輕人，我便眨了一下雙眼。但那台車卻像滑行般加速，一會兒就看不見了。

雖說ＩＤ不一樣，但那不能直接導出什麼結論。

不過可能是時候得承認了。跟現實世界一樣，Underworld也可能誕生長得相似到一模一樣的人。我大概是見到了在名為偶然的機率變動中不可能發生的奇蹟。

「……怎麼了嗎？」

聽見這樣的聲音，我就把視線從車窗移了回來。

這時終於注意到自己的左臉頰有一滴水滴滑落。

「不……沒什麼。」

如此回答完，我就抬起左手靜靜地擦拭臉頰。移動到指尖的小水滴，瞬間就蒸發並且消失了。

羅蘭涅所駕駛的白色機車，在耶歐萊茵的指示下從主要幹道往左轉，滑進熱鬧商業區一角的停車場裡。

我們被帶領到沒什麼人的小巷子裡頭，該處有一間雖然小但氣氛很棒的餐廳。或許是距離午餐時間還有點早所以沒有其他客人，廚師與女服務生都熱情地歡迎穿著整合機士團制服的我們，在那裡品嚐到久違的北聖托利亞料理。六人份的餐費是由耶歐萊茵支付，愛麗絲不知為何露出難得一見的惶恐模樣，讓我看到後覺得很有趣。

回到車子上後再次行駛至主要幹道。接下來再也沒有其他目的地，筆直地朝聳立在前方的白色石灰岩巨塔前進。來到高大牆壁前面後就左轉以正門為目標。

公理教會時代，中央聖堂的用地不要說一般民眾了，就連貴族與皇族都無法進入，但現在南邊閘門是完全敞開，機車也沒有經過安全檢查就輕鬆進入圍牆內部。

人族與亞人族觀光客開心地在殘留著過去景色的廣大前院散步。機車在沿著圍牆內側延伸的道路往左轉，前進了一陣子後再右轉。

下一個瞬間，愛麗絲發出驚訝的聲音。

「沒有飛龍廄舍……！」

兩百年前存在於巨塔西側的巨大廄舍確實消失得無影無蹤，取而代之的是一大片停車場。

「飛龍們怎麼了……？」

似乎預期轉頭的愛麗絲會詢問這個問題，耶歐萊茵以沉穩的聲音回答：

「根據紀錄，整合騎士團被封印的同一時期，在中央聖堂飼育的飛龍也半數回到威斯達拉斯的棲息地，半數則跟騎士們一起被封印起來……現在威斯達拉斯的西域保護區也有許多飛龍以自然的模樣生活著。」

「這樣……啊。」

表情雖然變得柔和了一些，但愛麗絲又繼續質問耶歐萊茵：

「但是那個封印，具體來說是代表什麼樣的狀況？」

「……真的很抱歉，愛麗絲大人，這個我也不知道。但只要能進入聖堂的上層，應該就能了解全貌了。」

「…………嗯，說得也是。」

愛麗絲輕輕點頭，接著把身體轉回去。

幾秒鐘後，機車在停車場深處的區塊熟練地迴車再前進後退各一次後就穩穩停了下來。

時間是剛過上午十一點。由於這次神代博士也嚴格命令必須在下午五點前回去，所以剩下六個小時……在腦袋裡這麼計算後，我終於注意到一個很大的問題。

「……那個，耶歐萊茵。」

我自從車上下來的機士團長後方向他搭話。

「什麼事？」

「那個……雖然到這個時候才提這種事實在有點抱歉，但這次我、亞絲娜跟愛麗絲還是只能在Underworld待到傍晚五點。大概要明天早上才能回來。剩下六個小時的話，應該沒辦法到亞多米娜吧……？」

「嗯……」

耶歐萊茵瞄了一眼聖堂的上部後才回答：

「雖然也得看出發時間跟澤法十三型的性能，但光是移動的話我想應該來得及。」

「唬……唬爛的吧……？」

終於不小心用了Underworld應該不存在的俗語來回應，不過現在想起來這裡是虛擬世界，宇宙空間的規模不一定跟現實世界一樣。他說過客機一趟就得花六小時，卡爾迪娜與亞多米娜的距離比想像中還近的話——不對，就算是這樣，絕對不可能在結束入侵者的調查後再回到聖托利亞。

原本想把這些想法說出來，但耶歐萊茵已先一步呢喃：

「但是，說不定也有方法可以解決桐人你們的滯留限制時間的問題。」

「咦？怎……怎麼回事……？」

「之後會說明。」

只這麼說完，耶歐萊茵就走向在機車左側面並肩直立的羅蘭涅她們。

「兩位辛苦了。我們要辦的事情不知道什麼時候會結束，妳們今天就先回基地吧。」

下一刻，絲緹卡就挺直了背桿。

「不，我們要陪閣下一起把事情辦完！」

接著羅蘭涅也開口表示：

「我們取得了整天外出的許可，所以晚一點回去也沒關係！」

「咦……咦咦？真的嗎？」

「「真的！」」

當我從機車的後車箱拉出劍袋來並望著他們的對話，不知道什麼時候站在左邊的亞絲娜就壓低了聲音說：

「那個部分真的跟緹潔小姐與羅妮耶小姐一模一樣。」

「就是說啊……」

我點頭的瞬間，這次換成愛麗絲在右邊呢喃：

「應該說比較像桐人跟尤吉歐吧?」

「啥?」

「我覺得是你們給了羅妮耶與緹潔某些影響,然後那些影響也傳承到那兩個人身上。」

「…………」

雖然覺得那怎麼可能,但也沒辦法一口否定。我們在初等練士時代,也對舍監阿滋利卡老師講了一堆歪理。不對,大部分尤吉歐都只是被我拖累。

如果愛麗絲的說法正確,現在羅蘭涅她們讓耶歐萊茵感到頭痛的好勝心就是源自於我。望著團長感到困擾的表情,在內心呢喃著「抱歉喔」之後,耶歐萊茵似乎就投降了,只見他們三個人一起往這邊走過來。

「那我們走吧。」

耶歐萊茵這麼說完就跟兩名機士往停車場出口走去,我們則是互相偷偷笑了一下才追了上去。

中央聖堂的主建築體當然沒辦法隨意進出,入口處設置了嚴格的安全檢查閘門。

閘門由身穿白色制服,掛著細身長劍的衛兵防守,走過去的耶歐萊茵從外套內側取出像是身分證般的物品來展示給崗亭內的職員看。身為整合機士團長兼星界統一會議評議員等要職的他應該是因為戴面具才無法靠臉通關吧……一瞬間雖然這麼想，但由於職員以熟練的手勢檢查著身分證，看來應該是通常的對應。

這樣的話我們也會被檢查身分吧，當我內心感到慌張時，不知道是否這身機士團的制服發揮效用了，絲緹卡與羅蘭涅、愛麗絲、亞絲娜都沒有多說什麼就被放行，獨自穿著不同制服的我雖然被衛兵瞪了一下，但也沒有要我打開包包，最後終於順利通關。

就這樣一直線走過寬敞的入口，來到與閘門有充分距離的地方才鬆了一口氣，結果等著我的耶歐萊茵就呢喃：

「抱歉喔，桐人。」

「為……為什麼道歉？」

「為了讓你通過，我只能說明你是拿行李的隨從。」

「啊，原來如此。嗯，比被當成星王要好多了……」

當我們聊著這些話時，愛麗絲就用有些沙啞的聲音說：

「快點走吧。」

也難怪她會如此著急。因為長達好幾個月才終於期盼到的瞬間，已經來到伸手可及的近處了。

「知道了。請往這邊。」

點頭的耶歐萊茵在無人的大廳快步走了起來。愛麗絲與亞絲娜追了上去，我和絲緹卡、羅蘭涅則跟在後面。

中央聖堂一樓的大廳，大理石牆與柱子還是原來的模樣，但裝潢有了很大的變化。最引人注目的是裝飾在四方牆壁上的巨大壁毯。純白布料上浮現將索魯斯、卡爾迪娜、亞多米娜圖案化的藍色符號，這就是星界統一會議的紋章了。而畫在前端附近，將兩把劍與兩種類的花呈菱形配置的符號似乎是星王的紋章。

大廳正面有分割為左右兩邊的大階梯，其前方的小小噴水池正傳出輕盈的水聲。雖然記得過去只有一道樓梯而且也沒有噴水池，但經過兩百年的話也是會進行一些改裝吧。

繞過看來相當有歷史的大理石噴水池，深處的牆壁就並排著三扇應該是電梯的門。

兩百年前的中央聖堂雖然也有電梯——當時是稱為「升降洞」——但是連結的只有第五十層到第八十層，第一層到第五十層只能辛苦地爬樓梯。而且升降洞還是由稱為升降員的少女以人力來運行。難道說……負責人員增加了嗎？

不對，就算是這樣，應該也會跟當時不同，是由好幾個人輪班來運行電梯。一邊祈禱千萬要是這樣一邊移動到門前面，然後注視絲緹卡按下牆上的圓形按鍵。中央的門瞬間往左右分開

——令人高興的是裡面沒有人。

看來兩百年之間運行已經自動化了。我在內心感謝著下了這個決定的某人，然後跟在五個

人後面進入電梯。

以前是圓筒形的升降洞，現在跟現實世界一樣是四角形，空間也是容納了六個人仍綽綽有餘。隨著細微驅動聲關起的門旁邊設置了併排了三排金屬按鍵的操作盤。

刻劃在按鍵上的數字是從1到79。正如耶歐萊茵所說的，不存在為了抵達八十樓的按鍵。

「……那現在怎麼辦？」

小聲這麼問完，耶歐萊茵就持續回望著我。

「原本認為只要你搭上電梯就會發生什麼事情……」

「這……這我哪有辦法……」

雖然環視了一下電梯內部，但也沒有發生什麼變化。就這樣一直等待下去的話，可能會有其他的人進來。

「……先……先到七十九層去看看吧。」

這麼說的我，右手伸向最上面的按鍵。但是在按下去前就把手縮回來。

「怎麼了？」

亞絲娜的聲音讓我呢喃了一句「沒有啦……」，同時直瞪著操作面板看。

樓層的按鍵如果從下面開始是按照123、456的順序排成三列，最後在767778的後面應該會多出一個79。

但是面板的最上層卻並排著78與79兩個按鍵。變成這樣的理由是最下層的按鍵只有１和２而已，從下一行開始才是３４５、６７８的排列。

「……耶歐萊茵，其他的電梯，不對，升降盤的按鍵配置也是這樣嗎？」

我的問題讓團長稍微歪著圓筒型的帽子回答：

「我們是叫做升降機……嗯，這個嘛……我沒注意過這種事情耶。」

「我去看一下！」

「我也去！」

如此叫道的絲緹卡與羅蘭涅打開門後衝了出去。經過十秒鐘左右就回來，當門還沒關上就開始報告結果。

「右邊的升降機，最上面只有一個七十九樓的按鍵！」

「左邊的升降機也一樣！」

「謝謝兩位。」

道完謝後，我再次瞪著操作面板。也就是說，只有這個正中央的電梯按鍵的排列不一樣。是製造上的問題才會變成這樣嗎——或者是刻意的呢？

我再次伸出右手，觸碰刻著79的按鍵旁邊空無一物的金屬板。

「…………！」

下一個瞬間就猛烈地吞了一口氣。

雖然極細微，但確實可以感覺到。銀色面板底下還藏著一個按鍵。

即使靠近到鼻子快要碰到面板的距離，也看不見面板上有任何接縫存在。要按下按鍵……就只有冒險使用心念了。

心念就是想像的力量。如果是現在的我，不論是不使用手來移動物體或者讓其變形都是輕而易舉的事。但是這需要經過目視對象物並且進行想像的程序。要按下厚厚金屬板底下看不見的按鍵並不是那麼簡單。隨便施力的話，甚至有可能會把它弄壞。

——真是的，到底是哪個傢伙設下如此討人厭的機關……

在心中這麼咒罵著，同時以最小限度的想像力來穿透面板……靜靜包裹住無法看見的按鍵並且按下。

發出「喀咚」聲的震動持續著，接著從地板下傳出噴出風素的「噗咻」聲。

開始上升的電梯裡，絲緹卡與羅蘭涅發出「哇啊！」的歡呼聲。

自動化的升降盤，不，升降機以比人力時代快兩到三倍的速度在聖堂裡上升。雖然沒有顯示層數的機能，但每經過一層就會發出「叮」的鈴聲。

即使心裡想著途中有人坐上來就麻煩了，不過按下隱藏按鍵的話應該就會變成直達模式吧。升降機順利地持續上升到三十層、四十層。可惜的是跟兩百年前的升降洞不同，由於沒有窗子，所以無法享受外面的景色。

過去幫忙運送我跟尤吉歐的少女升降員，說過從那份天職解放出來後，想要乘著升降盤自由地在空中飛行。

我想她應該不在這個世上了。我閉上眼睛，祈求升降員已經實現願望，同時數著金屬聲。最後升降機緩緩開始減速，停止的同時響起第八十——不對，是第七十九聲鈴聲。門流暢地打開，前方是微暗的通道。感覺不到其他人的氣息。

「……這裡就是第八十層嗎……？」

耶歐萊茵以帶著敬畏的聲音如此呢喃，我則用右手推著他的背。

「在升降機開始活動前，快點下去吧。」

「嗯……嗯。」

跟在點完頭就開始步行的耶歐萊茵後面，其他五個人也從箱型空間走出。

通道似乎很久沒有打掃，上面積了厚厚的白色灰塵，一踏上去就會像煙一樣揚起，不過Underworld的塵埃是像視覺特效那樣的東西，所以就算吸入也不會有害處。

踢著塵埃跑了幾步的愛麗絲，以顫抖的聲音叫著：

「不會錯了……這裡就是通往中央聖堂第八十層『雲上庭園』的走廊！」

我也還記得。體感時間的短短兩個多月前，我跟尤吉歐一起走下升降盤在這裡行走著。

那個時候我對尤吉歐這麼說。

——我們是為了打倒亞多米尼史特蕾達而來這裡。但事情不是這樣就結束了，尤吉歐。真正的難題是在打倒她之後……

尤吉歐以感到不可思議的表情對說到這裡就開始含糊其辭的我問道。

——打倒亞多米尼史特蕾達後，不是把一切交給卡迪娜爾小姐就可以了嗎？

我不由得延後了這個問題的回答。明明約好奪回愛麗絲後再談，結果到最後都沒能告訴他真相。

沒辦法說出，其實我不是什麼「貝庫達的肉票」，而是名為桐谷和人的現實世界人。在另一個世界不是什麼劍士，只是除了會玩遊戲外就沒什麼優點，也不太會跟人相處的小孩子……而你是同性且同年紀裡第一個可以稱為好友的人。

「桐人，快一點！」

愛麗絲的聲音讓我抬起不知不覺間低下的頭，這才發現五個人已經走到數公尺前方。輕嘆了一聲後，我重新握好左手的包包並且開始往前走。

聳立在短短通道盡頭的那扇大理石大門，看起來跟兩百年前完全一模一樣。

唯一只增加了一個以前不存在的東西。那是從大門前方的地板伸出，高一公尺左右的奇妙金屬柱子。上面是完全平坦，只並排著四道用途不明的狹縫。看不見其他文字或按鍵。

愛麗絲瞥了柱子一眼，隨即像是要表示沒空理會般從旁邊通過，然後站到大門前面。

「……要打開嘍。」

如此宣言後，兩隻手就貼到純白大理石上。雖然揚起些許塵埃，但是門的天命沒有減損的模樣。

即使透過機士團的制服，也能看出愛麗絲用盡全身的力量。

但是——門卻紋風不動。以前我跟尤吉歐只推一下就打開了，愛麗絲的ＯＣ權限應該遠比當時的我們還要高，而門在她全力推動下甚至連摩擦的聲音都聽不見。

「咕……嗚……」

看見亞絲娜往發出呻吟的愛麗絲左邊跑去，我也把包包放到地板上跑了好幾步。

雙手觸碰右側的門後，發出「預備」的呼喊。配合兩個人的時機，以渾身的力量推門。

仍是一動也不動。

令人難以置信的強度。現在我的ＯＣ權限已經到達１２９這種誇張的數值。如果是受到打倒傳說怪物深淵之恐懼的影響，那麼亞絲娜跟愛麗絲也上升到同等程度也不是什麼不可思議的事。

合這三個人全部的力量都沒有任何搖晃的話，那就不單是上鎖的問題了。應該是跟某種系統上的——「世界之理」有關的力量在作動。使用心念的話或許能夠加以干涉，但是按壓電梯按鍵這種程度的話還沒問題，如果擠出足以破壞這扇門的心念力，整個聖托利亞的心念計應該會擺動到快故障吧。

「亞絲娜、愛麗絲。」

呼喚兩個人之後，就把手從門上離開並退後一步。

首先是亞絲娜，接著愛麗絲也停止推門。愛麗絲蒼白臉頰上滲出令人痛心的焦躁感，這時我輕拍她的肩。

「後面的柱子大概是鑰匙……不對，是鑰匙孔。」

「但是……我們哪有什麼鑰匙！」

當愛麗絲發出悲痛的聲音，亞絲娜也把手伸向她的背部。

「先調查看看吧。愛麗絲也在ALO裡有過許多像這樣的經驗了吧？」

「…………嗯……」

於是就跟點頭的愛麗絲一起回到謎樣金屬柱的地方。

已經在檢查柱子的耶歐萊茵退了一步然後說道：

「很遺憾，我完全不知道是什麼裝置。」

「從塵埃堆積的情況來看，應該是耶歐萊茵出生前設置的東西……」

我一邊如此回應，一邊窺探著柱子上方。

塵埃不像地板堆積地那麼厚的金屬柱，正如剛才所見的有四條縫隙。每一條都是長五公分，寬一公分左右……才剛這麼想，就注意到所有隙縫的尺寸與形狀有微妙的差異。不過最小的也有三公分×七公釐，能夠插入這些細縫的鑰匙實在異常巨大，而且根本沒有轉動的空間。

插進去的不是鑰匙？金屬板……不對，是更長的……比如說。

「「「劍！」」」

愛麗絲與亞絲娜跟我同時大叫了起來。

和兩個人面面相覷之後就衝向放在附近地板上的皮革包包。以僵硬的手指依序將多達六個帶扣解開，接著把手伸進整個敞開的包包裡。

首先抓出燦爛之光來交給亞絲娜。接著把金木樨之劍交給愛麗絲。

兩個人站在金屬柱前面，同時將愛劍從劍鞘裡拔出。背後的絲緹卡與羅蘭涅因為無法壓抑而發出「哇啊……」的聲音。

我也一次將自己的兩把劍拉出來，同時對著亞絲娜她們大叫。

「形狀適合的縫隙應該只有一個！別硬把劍插進不適合的縫隙裡！」

「我知道！」

如此回叫的愛麗絲，換成反手持金木樨之劍。接著瞄準第一個縫隙，慎重地把劍尖貼上去，然後緩緩地插入。

沒有確切的證據顯示我跟愛麗絲、亞絲娜的劍就是鑰匙。尤其是愛麗絲在星王統治時代開始前就從Underworld登出了，所以我認為不可能在這根柱子上刻劃出符合金木樨之劍形狀的縫隙。

但就算是這樣，我還是確信就是這四把劍。一定得是這樣才行。

沙鈴鈴鈴……清脆的聲音響起，黃金劍身逐漸貫穿柱子。先是插入一半，接著從劍尖開始有七成左右被柱子吞沒時，就聽見「喀嘰」的清晰聲音。

愛麗絲默默地退後幾步。取代她站到柱子前面的亞絲娜，以毫不猶豫的動作將燦爛之光插進柱子裡。

這次同樣在插入七成左右時傳出喀嘰的金屬聲。

我把兩柄愛劍掛在左右腰上站了起來。

感受著可靠的重量，一邊站到金屬柱前面。反手抓住兩把劍柄，同時抽出後高高舉起。

右手是夜空之劍，左手則是藍薔薇之劍。

感覺背後這次換成耶歐萊茵屏住呼吸。現在想起來，他是首次見到這兩把劍。但是我沒有回頭，直接往前走出一步。

設置在金屬柱上的四條縫隙裡，內側的兩條已經插著亞絲娜與愛麗絲的劍。我把兩柄愛劍貼到外側的兩條縫隙上，緩慢但絲毫不停止地將劍插入。

解鎖聲重疊在一起——接著是「嘎嘰！」的沉重金屬聲響徹通道。

聳立在柱子前方的大理石大門中央出現一條黃金線條。

在宛如地鳴般的轟然巨響下，門自動地打開。炫目光芒流進微暗通道，將視界染成純白。

門隨著更為巨大的重低音完全打開了。

穿越我身邊的愛麗絲，朝著滿溢金色光芒的內部跑去。亞絲娜也跟在她後面。

我的手離開愛劍劍柄，從兩人後面追去。邊聽著由後面跟上來的耶歐萊茵等人的腳步聲邊鑽過大門，就有一股甘甜清爽的香氣充滿鼻腔。

光芒擴散開來，視界取回顏色。

綠色。

無法想像是在塔內的翠綠色遍布整個空間。

眼前就是又短又柔軟的草地所覆蓋的綠地，其後方有小河流過，渡過木製的橋後是平緩的山丘。中央聖堂第八十層「雲上庭園」——

過去我跟尤吉歐就在此跟整合騎士愛麗絲重逢並且對戰。

跟那個時候一樣，山丘頂有一棵枝葉茂盛的樹。

然後其根部……一名閉著眼睛的少女倚靠樹幹般坐著。

不對，不只有一個人。像是要守護坐著的少女般，有兩名女性站在左右兩邊。

覆蓋山丘的草皮與到處盛開的花朵，以及樹梢都因為微風而搖晃著，但三個人的衣服與頭髮卻都紋風不動。全身的質感也不像是活著的人。她們全都石化了。

即使如此，還是不可能認錯坐著的少女。雖然比記憶中的模樣成長了一些，但是以平穩的表情陷入長眠的那名少女——

踩著踉蹌腳步往前走了一兩步的愛麗絲，雙手按在胸前，以百感交集的聲音呼喚著少女的名字。

「……賽魯卡！」

（待續）

後記

謝謝大家閱讀這本Sword Art Online刀劍神域第25集〈Unital ringⅣ〉！

Unital ring（UR）篇也很快（其實也沒有那麼快啦……）來到第四集了，感覺故事也開始有了很大的發展。在上一集算是稍微出來露臉的姆塔席娜與耶歐萊茵，在本集都發揮出相當強的存在感，我想……大家應該可以掌握到他們是什麼樣的人了吧。

目前Unital ring與Underworld（UW）所發生的事情仍是平行前進，不過之後接近、交叉的時候應該會到來，逐漸進入佳境的ＵＲ篇今後也要請大家多多指教了！

（請注意以下會觸及本篇的內容。）

在本集裡，除了ＵＲ篇的新角色之外，也寫到許多令人懷念的名字。在妖精之舞篇暗地裡與桐人交易的火精靈男到現在才帶著姓名出現，老實說連我都嚇了一跳，不過我想ＡＬＯ組從下集開始也會陸陸續續參戰。

然後是ＵＷ的部分，雖然只有名字登場，但是也稍微提及Alicization篇的主要人物們之後的境遇。最後愛麗絲終於……！劇情在這個時候就中斷了，不過我想下一集整合騎士團被封印的理由等等就會明朗了，大家敬請期待！我想……依然充滿謎團的耶歐萊茵團長也差不多要褪下祕密的薄膜了。

至於我的近況嘛……創作本書時是二〇二〇年十月，雖然新冠肺炎仍是見不到止歇的狀態，不過可以感覺逐漸建構起新的日常了。除了感嘆人類強大的適應力之外，也知道許多業界必須繼續處於嚴酷的環境當中（娛樂業界也絕對不可能置身事外），我想今後可能還會受到極大的影響。ＳＡＯ世界裡不存在新冠肺炎的災禍，或者是當成已經結束了，這是因為當我創作時突然注意到桐人他們都沒有戴口罩……我想必須找到不可過分樂觀，但也不必累積太多壓力，算是剛剛好的紓壓方式才行。

被這種狀況所害……這是謊話，因為我自己不好，這次也變成超嚴苛的行程，給責任編輯與ａｂｅｃ老師添了許多麻煩！下次我會努力讓大家不會等太久！希望在下一集也能見到各位讀者！

二〇二〇年十月某日　川原　礫

狼與辛香料 1~22 待續

Kadokawa Fantastic Novels

作者：支倉凍砂　插畫：文倉 十

赫蘿與羅倫斯的旅程後續第五彈！
巧遇故人艾莉莎卻委託他們調查魔山祕密!?

前旅行商人羅倫斯與賢狼赫蘿再度踏上旅途。他們遇見了老友艾莉莎，並受她所託去調查一座魔山，挖掘「鍊金術師與墮天使」的祕密？另外羅倫斯還以商人直覺拯救小鎮脫離還債地獄；而赫蘿的女兒繆里和矢志投身聖職的青年寇爾卻傳出舉辦婚禮？

各 NT$180~250/HK$50~83

除了我之外，你不准和別人上演愛情喜劇
羽場楽人
插畫 イコモチ
watashi igai tono LOVE COME ha yurusanain dakarane
Kadokawa Fantastic Novels
2

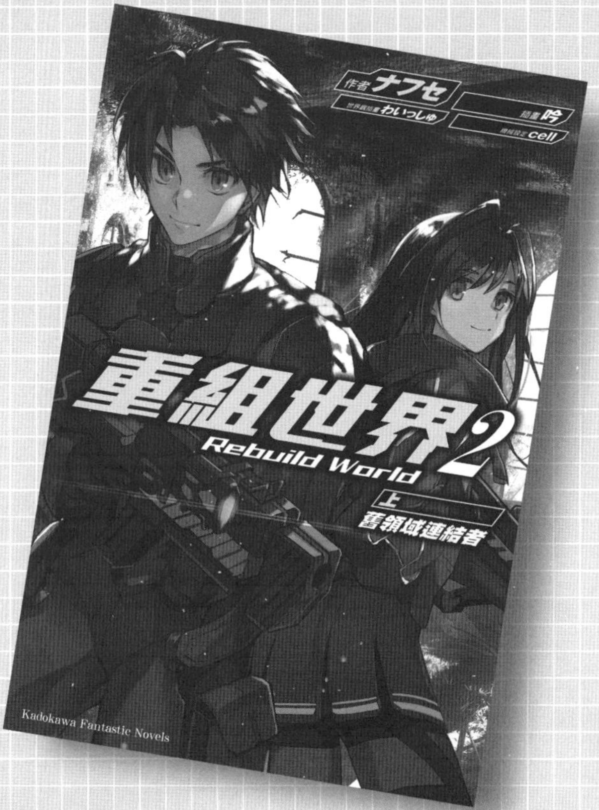

重組世界Rebuild World 1~2〈上〉待續

Kadokawa Fantastic Novels

作者：ナフセ　插畫：吟　世界觀插畫：わいっしゅ　機械設定：cell

阿基拉與克也又在同一個任務中碰頭，
必須殲滅在遺跡裡成群行動的亞拉達蠍——

阿基拉漸漸在周圍的獵人相關人士間也受到矚目，多蘭卡姆的新手獵人克也對他抱著複雜的想法。這兩人又在同一個討伐任務中碰頭。殲滅在遺跡裡成群行動的強敵亞拉達蠍的任務——在阿基拉身上又多了一項意外的護衛委託，故事更加速發展！

各 **NT$240~280/HK$80~93**

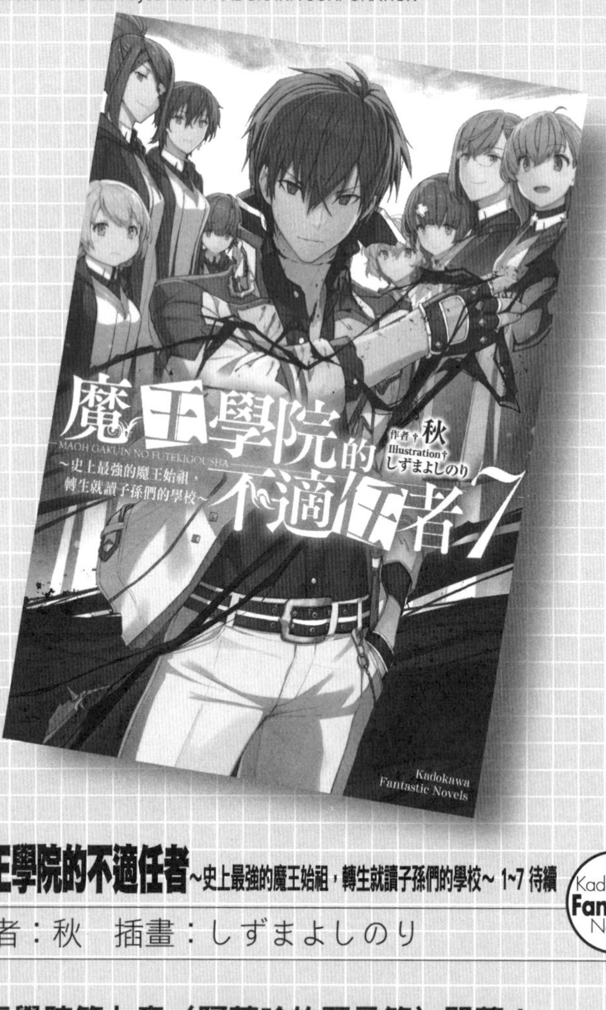

魔王學院的不適任者~史上最強的魔王始祖，轉生就讀子孫們的學校~ 1~7 待續

Kadokawa Fantastic Novels

作者：秋　插畫：しずまよしのり

魔王學院第七章〈阿蓋哈的預言篇〉開幕！
阿諾斯遇見了一名沒有未來、即將成為祭品的龍人！

覆蓋地底世界的天蓋，經由全能者之劍變成不滅的存在了。脫離秩序的這個岩塊，最終注定會化為震雨落在地底世界全境上，將生活在那裡的一切生命壓死。為了得到阻止慘劇的線索，阿諾斯等人前往「預言者」所治理的騎士之國阿蓋哈——

各 **NT$250~320/HK$83~107**

86—不存在的戰區— 1~10 待續

Kadokawa Fantastic Novels

作者：安里アサト　插畫：しらび

讓我們追尋在血紅眼眸深處閃耀的，僅存的少許片斷——

年幼的少年兵辛耶·諾贊降臨地獄般的戰場，日後他將成為八六們的「死神」，帶著傷重身亡的同袍們的遺志走到生命盡頭——這些故事描述與他人的邂逅如何將他變成「他們的死神」，以及來得突然的死亡與破壞又是如何殘酷地斬斷了他們的牽絆。

各 **NT$220~260/HK$73~87**

賢勇者艾達飛基·齊萊夫的啟博教覽 1～2 待續

Kadokawa Fantastic Novels

作者：有象利路　插畫：かれい

這本自稱輕小說的「奇物」——
新時代的汙點之作，感染擴大中！

責編為了讓惡搞推出的《賢勇者》系列走回王道奇幻作品的路線，一再回溯時光想要改變未來。然而本作主角艾達飛基頂著賢勇者的帥氣頭銜，卻是個定期就要脫光光的變態；女主角沙優娜則胸部平到在近年潮流中完全逆風；配角更全是反社會的牛鬼蛇神！

NT$240/HK$80

青梅竹馬絕對不會輸的戀愛喜劇 1~6 待續

Kadokawa Fantastic Novels

作者：二丸修一　插畫：しぐれうい

群青同盟將在大學校慶表演話劇，與當紅頂尖偶像雛菊一較高下！

群青同盟接到在大學校慶登台表演的委託，演出劇碼為《人魚公主》。由真理愛飾演女主角，黑羽和白草也同台飆戲。而赫迪．瞬接到消息，帶著頂尖偶像雛菊一同出現。這時，真理愛的父母在她面前現身，身懷隱憂的真理愛跟雛菊引爆演員之爭！

各 NT$200~240/HK$67~80

國家圖書館出版品預行編目資料

Sword Art Online刀劍神域. 25, Unital ring. IV / 川原礫作；周庭旭譯. -- 初版. -- 臺北市：臺灣角川股份有限公司, 2022.07

面；　公分

譯自：ソードアート・オンライン. 25, ユナイタル・リング Ⅳ

ISBN 978-626-321-588-7(平裝)

861.57　　111007165

Kadokawa
Fantastic
Novels

Sword Art Online刀劍神域 25

Unital ringⅣ

（原著名：ソードアート・オンライン25 ユナイタル・リングⅣ）

2022年7月28日 初版第1刷發行

作　者：川原 礫
插　畫：abec
日版設計：BEE-PEE
譯　者：周庭旭
發 行 人：岩崎剛人
總 編 輯：蔡佩芬
副總編輯：朱哲成
美術設計：李思穎
印　務：李明修（主任）、張加恩（主任）、張凱棋
發 行 所：台灣角川股份有限公司
地　址：105台北市光復北路11巷44號5樓
電　話：（02）2747-2433
傳　真：（02）2747-2558
網　址：http://www.kadokawa.com.tw
劃撥帳戶：台灣角川股份有限公司
劃撥帳號：19487412
法律顧問：有澤法律事務所
製　版：尚騰印刷事業有限公司
ISBN：978-626-321-588-7